Michael Krüger
Die Turiner Komödie

Bericht eines Nachlaßverwalters

Suhrkamp

Druck: Freiburger Graphische Betriebe
Printed in Germany
Erste Auflage 2005
ISBN 3-518-41732-0

1 2 3 4 5 – 09 08 07 06 05

Die Turiner Komödie

Wenn ich aus einer Stadt
abreise, kommt es mir vor,
als nehme sie ein Ende und
höre auf zu sein.

Marina Zwetajewa: *Irdische Zeichen*

I

Schwer zu sagen, wie viele Menschen sich schließlich in der kleinen Kapelle eingefunden hatten. Vielleicht fünfzig? Auf jeden Fall war der niedrige, halbrunde Raum besetzt bis auf den letzten Platz. Der Tod mußte sich schmal machen, um zwischen Priester und Trauergemeinde noch ein Plätzchen zu finden. Es roch faulig, ein Geruch, der allen Friedhofskapellen und Aussegnungshallen eigen ist und der einem immer vertrauter wird, wenn man die besten Jahre bereits hinter sich hat. Trotzdem kann man ihn schlecht beschreiben. Modrig, faulig? Man darf die Süße nicht unterschlagen, die sich neben den Blumen wahrscheinlich auch dem Weihrauch verdankt und dem hier eimerweise verflogenen Parfüm, das nicht nur die Frauen bei solchen Gelegenheiten verströmen. Aber die aggressiven Duftstoffe können nicht verhindern, daß sich der Eigengeruch dieser Räume in den Kleidern festsetzt, auf der Haut, bei manchen bis zum eigenen Tod. Man wird, wenn die Hinterbliebenen nicht auf einer Verbrennung bestehen, mit diesem Geruch beerdigt, das ist eine der bedrückenden Tatsachen, die wahrscheinlich alle Trauergäste im Kopf bewegen, während vorne der Priester und andere Würdenträger sich alle erdenkliche Mühe geben, die Aufmerksamkeit auf sich selbst, das Leben, zu lenken. Nichts vom ewigen Leben war zu spüren, nicht einmal etwas vom Nachleben.

Nur drei Kinder, wenn ich richtig zählte, aber vielleicht hielten sich noch ein paar mehr zwischen den Erwachsenen versteckt. Auch wenn die Kinder hier einen fröhlichen Eindruck machten, sich neckten, herumtobten und ganz ungeniert miteinander tuschelten, man sollte sie nicht zu Beerdigungen fremder Leute mitschleppen. Ein Kollege des Vaters, vielleicht einmal gesehen, woher soll da die Andacht kommen? Auch die albernen Ermahnungen der Eltern, das geheuchelte Pssst! mit dem ausgestreckten Finger über den Lippen und die rollenden Augen unter hochgezogenen Brauen, konnten die Kinder nicht davon abhalten, sich schlecht zu benehmen. Erst als ein Bub, der einem Mädchen mit schuppiger Haut, das sich ständig an Armen und Beinen kratzen mußte, immer wieder an den dünnen Haaren gezogen hatte, von diesem mit einer knallenden Ohrfeige bedacht worden war, brachte man den Nachwuchs ins Freie, von wo man lautstark die Geräusche der Rache hören konnte und schließlich das gemeinsame Flennen. Man hatte sich offenbar geeinigt, in ein paar Jahren würde geheiratet werden und dann gestorben. Mit diesem furchtbaren Geruch in den Klamotten. Der Vater kehrte an seinen Platz zurück. Er hielt die rechte Hand flach auf die linke Brust gedrückt, eine Geste, die mir im zivilen Leben nie aufgefallen war.

Ich war, wenn mich nicht alles täuschte, der einzige Ausländer hier. Der einzige erkennbare Deutsche jedenfalls. Und der einzige natürlich, bildete ich mir ein, der den Verstorbenen gut gekannt hatte. Die anderen hatten einen Kollegen verloren, ich den einzigen Freund. Und war ich, dachte ich nach einem ausführlichen Blick in die Runde, nicht auch der einzige, der nicht nur hier war, um gesehen zu werden, sondern der auch aufrichtige Trauer verspürte? Alle anderen waren ununterbrochen damit beschäftigt, sich zu taxieren, von oben bis unten. Ein ständiges Schwanken ging durch die Trauergäste, manche traten einen Schritt zurück, um ihre Kollegen von hinten zu betrachten, andere beugten sich ungeniert nach vorne. Es sah aus wie eine vom Wasser sanft bewegte Korallenkolonie. Einigen der Männer sah man förmlich an, daß sie an den freigewordenen Lehrstuhl dachten, an Aufstieg, an zunehmendes Prestige und Einkommen. Einer mit Sonnenbrille zuckte ununterbrochen mit den Schultern, als übe er insgeheim bereits für eine neue Position. Und auch die Frauen hatten weder den Tod noch den Toten im Sinn, sondern alle Hände voll zu tun, ihre Garderobe und ihre Frisuren ins rechte Licht zu rücken. Ein ununterbrochenes Gezupfe und Gefingere war im Gange, und sogar während der heruntergenudelten Gebete konnte man feine, mit schweren Ringen und Kettchen bewaffnete Hände sehen, die glitzernd zwischen den Haaren auftauchten und wieder verschwanden. Man traf sich offenbar selten in solcher Vollständigkeit, da wollte man die Gelegenheit nutzen.

Der Präsident der Universität, Staatsrechtler, seriös gekleidet, besprach kurz und herzlos den überaus tragischen Verlust; der Dekan der philosophischen Fakultät resümierte rhetorisch perfekt die Geschichte der deutsch-italienischen Beziehungen, die der Verstorbene auf so mustergültige und uneitle Weise gefördert habe; während der gesamten Länge seiner Ansprache hielt er die linke Hand wie eine Schale, in die er mit der rechten das Gewicht seiner Banalitäten häufte; ein Kollege von Rudolf, der gerade erst berufen worden war und ihn nur flüchtig kennen konnte, versuchte sich ohne Anstrengung und vollkommen vergeblich an einem Porträt. Er sah die ganze Zeit über uns hinweg, mit eine Hartnäckigkeit, die viele veranlaßte, sich umzudrehen. Ich war mir plötzlich ganz sicher, daß ich der einzige im Raum war, der Rudolf gekannt hatte. Oder wenigstens einen Teil von ihm. Ich hätte nach vorne treten müssen, um das ganz und gar falsche Bild von Kohärenz und Folgerichtigkeit zu zerstören, das von den Rednern aufgebaut worden war, um Rudolfs Tod einen Sinn zu verleihen. Aber es gab weder Folgerichtigkeit noch Sinn. Es gab nur ein paar elegante Formulierungen dieser Schwätzer, die sich nicht einmal die Mühe machten, die lebensnotwendige Heuchelei in richtige Worte zu fassen.

Alles in allem dauerte die Zeremonie eine knappe Stunde, dann drängelte sich die gutbetuchte Gesellschaft hinter dem Priester ins Freie, um endlich die wichtigen Dinge des Lebens zu besprechen. Mich sprach keiner an, ich hatte den Eindruck, nicht einmal angeschaut zu werden. Ich war in dieser Trauergemeinde vollkommen überflüssig. Ich war funktionslos. In einer gut geordneten Trauergesellschaft hat jedes Mitglied seinen genauen Platz, vom tief Erschütterten bis zum zynischen Beobachter der Trauer, und jeder weiß vom anderen, welche Funktion er erfüllt. Ich dagegen stand nur herum. Nicht einmal als der fremde Gast war ich zu gebrauchen, weil ich als solcher nicht identifiziert worden war.

Ich hatte nicht das Bedürfnis, noch länger auf dem Friedhof zu verweilen, obwohl es doch sonst zu meinen Lieblingsbeschäftigungen gehört, mir zu fremden Namen auf Gräbern Lebensgeschichten auszudenken. Gerade italienische Friedhöfe mit den ovalen Porträtfotografien auf den Grabsteinen zogen mich an. Es war wie der Spaziergang durch ein großes Fotoalbum, überall bedrückt dreinschauende Väter und Tanten und Mütter mit mürrischen Gesichtern, fesche Cousins und viel zu früh verstorbene Kinder in Sonntagskleidern, die von Autos überfahren worden oder mit dem eigenen Motorrad gegen die Wand geknallt waren. Man hatte eine genauere

Vorstellung, wer unter der Erde lag. Man konnte sich, Auge in Auge mit dem Toten, ausmalen, was für ein schreckliches Leben zu Ende gegangen war. Und man konnte leichter mit den Toten ins Gespräch kommen, ihren vollkommen verrückten Lebensgeschichten zuhören, ihren verbotenen Liebesabenteuern mit Herrschaften, die drei Meter weiter unter üppigen Blumensträußen verrotteten und nur zögernd, über ihr Bild, zugeben wollten, daß sie die Falsche geheiratet hatten. Immer die falsche Frau, der falsche Mann, dann fünfzig Jahre die normale bürgerliche Tragödie, und am Ende das verkniffene, ertappte Lächeln auf einer ovalen Fotografie.

Unbegreiflich, warum in Deutschland auf diese Sitte in der Regel verzichtet wird. Jeder hat ein Gesicht und soll es zeigen. Warum soll man dieses Unverwechselbare, an dem man ein ganzes Leben gearbeitet hat, nicht nach dem Tod behalten dürfen, auf dem Grabstein, dem letzten harten Zeichen, das wir hinterlassen? Ich war vor der Feierstunde zu der ausgehobenen Grube gegangen, in der Rudolf verschwinden würde, und hatte mir die Gesichter seiner Nachbarn angeschaut. Zwei Frauen, das hätte ihm natürlich gefallen, eine davon, eine mütterliche, dickliche Person mit einer wie aufgeklebt aussehenden Warze auf der abfallenden Furche zwischen Nase und Mund, groß, dunkel und prächtig, wie sie auffälliger keine andere Frau in Turin tragen würde. Sie hieß Emilia. Die andere, Elisabetta, war nur neunzehn Jahre auf der Welt gewesen. Sie hat, dachte ich, nicht einmal Zeit gehabt, sich ein eigenes Gesicht zu schaffen, so ausgemergelt und farblos sah sie aus.

Es war mir nicht möglich, mir Rudolf in dem schwarzen, goldbeschlagenen Sarg vorzustellen. Eine Luxusausführung der geschmacklosesten Art, wie man sie einem Lebenden nie zugemutet hätte. Eine phantastische Entgleisung. Rudolf, der die Existenz als solche stets als ziellose Schwerstarbeit beschrieben hatte, als titanische Anstrengung, wurde nun in diesem luxuriösen Ungetüm, diesem Rolls-Royce unter den Särgen, wie mühelos über den knirschenden Kies geschoben, als sei nichts gewesen. Das ganze Leben, hatte er in einem seiner letzten Briefe geschrieben, sei nichts anderes als ein fortwährendes Reduzieren, Eingrenzen, Aufgeben, Zertrümmern. Ein zunehmendes Verzichten, um nach vierzig oder fünfzig Jahren des Nachdenkens auf den entscheidenden Punkt zu kommen: auf das Zentrum, das einen ausmacht. So lange brauche man, um die falschen Interessen, Ansichten, Meinungen von den richtigen zu sondern. Die falsche Musik, die falsche Literatur, die falschen Philosophien, die falschen Landschaften und die falschen Menschen. Da wir uns ständig mit etwas füttern (lassen), was uns nicht guttut, und uns das vorenthalten, was wir brauchen, dauert es so lange, bis wir begreifen, wer wir sind. Jedenfalls hatte er so lange gebraucht, um ganz genau zu wissen, auf was und auf wen er verzichten konnte. Verzichten mußte. Würde er noch leben, wenn er es nicht so genau genommen hätte? Und jetzt lag er in einem falschen Sarg.

Ich wollte um alles in der Welt vermeiden, Teil der falschen Trauergemeinde zu werden. Kein Händeschütteln, keine gemeinsamen Erinnerungen, kein Leichenschmaus, kein Theater. Nur weg.

Für den Nachmittag hatte ich einen Termin mit Elsa im Krankenhaus verabredet, und wenn dann noch Zeit war, konnte ich später wieder zurückkehren, um auf meine Weise Abschied von Rudolf zu nehmen.

Über dem Friedhof standen mächtige weiße Wolken mit einem dunklen, ausgefransten Unterfutter. Falsche Wolken. Hoffentlich würde es nicht regnen.

2

Nicht weit vom Friedhof entfernt fand ich eine Bar, vor der ein paar Tische auf dem Gehsteig standen. Sogar hier, in einem wenig ansehnlichen Außenbezirk Turins, begegnete ich wieder einem dieser schlechtgelaunten Ober, die mich schon mein ganzes Leben lang verfolgten. Ich mußte mehrfach nach ihm rufen, bis er ein offenbar lebenswichtiges Gespräch mit einer blonden Frau am Nebentisch unterbrach und meine Bitte um einen Kaffee entgegennahm. Er hatte, kaum daß er mit einer dicken braunen Tasse wieder aus der Tür getreten war, das Gespräch fortgesetzt, so daß die Tasse eine Zeitlang über meinem Tisch schwebte, bis er sie endlich mit einem Scheppern absetzte. Rudolf hatte immer von der asketischen Höflichkeit der italienischen Kellner geschwärmt, von ihrer Präzision und Schnelligkeit, es gab sogar ein häufig nachgedrucktes Feuilleton von ihm, in dem er das große Lob dieses Berufsstandes sang. Gut, daß er diesen unhöflichen Nichtsnutz nicht mehr erleben mußte. Der Kassenbon, den er achtlos auf die Metallplatte meines Tisches fallen ließ, machte sich mit dem ersten Windstoß selbständig und trudelte der blonden Frau vor die Füße. Als diese ihre Beine übereinanderschlug, sah ich, daß die Plastikbespannung des Stuhlsitzes tiefe, weißliche Rillen in ihre Oberschenkel gedrückt hatte. Dennoch konnte ich den Blick nicht abwenden. Selbst beim Trinken meines Kaffees starrte ich der Frau auf das gerippte Stück Fleisch, das aus ihrem knallroten Kunstlederrock hervorstach. Der Kellner stand jetzt, sein rundes Tablett in der Armbeuge, unter der Tür und schimpfte über die afrikanischen Prostituierten, die in dieser Gegend anschafften, aber nichts verzehrten. Sie schicken das Geld, das sie hier den Italienern abnehmen, nach Hause. Entwicklungshilfe. Es war mir unangenehm, den Mann in meiner unmittelbaren Nähe zu haben.

Mehr als zwanzig Jahre hatte Rudolf in dieser Stadt gelehrt. Zunächst war er als DAAD-Lektor nach Rom und Neapel geschickt worden, bis er dann, nach Abschluß seiner in philosophischen Kreisen berühmten Studie über Kierkegaard, hier eine Stelle als Privatdozent erhielt, die später in eine ordentliche Professur umgewandelt wurde. Um diese Berufung hatte er stets ein großes Geheimnis gemacht, weil solche Umwandlungen eigentlich nicht üblich waren. Entweder/oder. Aber damals schien ihm alles zu gelingen. So war ich auch nicht erstaunt, als er nur wenige Jahre später ein eigenes Institut gründen durfte und fortan in einem eigens diesem Institut vorbehaltenen Palazzo residierte. Im obersten Stockwerk konnte er eine riesige Privatwohnung beziehen, zu der auch eine Dachterrasse gehörte, auf der er, unter ehemals weißen, jetzt schmutziggrauen Sonnenschirmen, von März bis Oktober arbeitete. Die Miete war lächerlich, der Blick über die Dächer unbezahlbar.

Auf dieser Terrasse befand sich auch Rudolfs Tierpark, der nicht nur in Turin, sondern auch unter seinen Freunden und Feinden in Deutschland eine gewisse Berühmtheit erlangt hatte, obwohl Rudolf keine Gelegenheit ausließ, alle Welt zu bitten, kein Sterbenswörtchen darüber zu verlieren. Er hatte Angst, die Universität oder die Stadtverwaltung könnten ihm das Gehege untersagen. Tatsächlich hätte es gute Gründe dafür gegeben, denn die hygienischen Bedingungen, unter denen der Zoo geführt wurde, waren alles andere als akzeptabel.

Der unangefochtene Herrscher auf der Terrasse war ein gutmütiger, stinkender, alter Hund namens Cesare, dessen Fell sich vor einigen Jahren zu lichten begonnen hatte, was ihm im Alter das Aussehen eines Schweins gab. Cesare war ein deutscher Import, das Geschenk eines Studienkollegen, dessen Vater im Harz diese scheußlich aussehenden Schweinshunde züchtete, um sie gegen viel Geld in alle Welt zu verkaufen. In Goslar. Warum wurden ausgerechnet in Goslar Schweinshunde gezüchtet? Neben dem Hund gab es eine Reihe von normalen und einigen exotischen Hühnern, mehrere Enten sehr unterschiedlicher Herkunft, darunter einige Kulturflüchter, und eine Gans, für die seit Jahren nach einer standesgemäßen Begleitung gesucht wurde, weil sie in einem Dauerstreit mit einem verwitweten Pfauen lag. Es war verboten, einander aufzufressen. Die Katzen ließen sogar die Salamander und anderen Kriechtiere unbehelligt, nicht einmal die trägen Goldfische rührten sie an. Auf der Terrasse durfte nicht getötet und nicht geopfert werden, diese beiden Gesetze waren die Grundpfeiler des sozialen Lebens, an die sich alle zu halten hatten; aber *warum* sie eingehalten wurden, war Rudolfs Geheimnis. Neben dem Geflügel gab es jede Menge Katzen und Schildkröten, die sich auf der Terrasse sogar vermehrten. Auch ein Igel trippelte unter seiner schweren Stachellast vorbei, wenn man unter einem der Sonnenschirme philosophierte. Meine Lieblingstiere waren eine Gruppe von Zwerghasen mit feinster Fellzeichnung, die allesamt Namen aus Prousts »Recherche« trugen und mit einer sonderbaren Arroganz darauf achteten, sich dieser Auszeichnung auch beim Hoppeln würdig zu erweisen. Fast alle Tiere, deren Bestand insgesamt nie abnahm, kannten ausschließlich dieses Viereck von der Welt, den Rest erfuhren sie nur vom Hörensagen durch vorbeireisende Fluggäste und von den Geräuschen, die von der stets belebten Straße nach oben drangen. Unten war die Hölle. Von unten war nichts zu erwarten. Unten herrscht die Vernunft, sagte Rudolf häufig, die für die chaotischen Verhältnisse unter den Menschen sorgt. Es gibt keine Lösungen, wo Brutalität und Dummheit den Ton angeben. Beides war auf der Dachterrasse unbekannt. Eine ideale Gesellschaft, so Rudolf, kein Streit, kein Krieg, kein Blutvergießen, obwohl kein Tier das andere so richtig versteht. Aber was wissen wir darüber? Nichts. Natürlich klingt das Latein der Schildkröten für die Ohren einer Gegenwartsente seltsam. Sie vertragen sich, weil sie sich untereinander nicht verstehen und deshalb besonders sorgfältig miteinander umgehen müssen. Starb ein Mitglied dieser alles andere als homogenen Gruppe, wurde es in allen Ehren verabschiedet und so schnell wie möglich ersetzt, ohne daß dadurch Unruhe auf der Terrasse entstand. Gab es Streit, kam er von außen, wenn nämlich Zugvögel sich in diesem Paradies niederließen, mit ihren Erlebnissen prahlten und der Urbevölkerung das Fressen stehlen wollten. Streit kam ausschließlich von außen. Es ging um Status, Macht und Anerkennung, Probleme, die auf der Terrasse unbekannt waren. Auch Tauben wurden nicht gerne gesehen, aber geduldet, wenn sie die Terrasse heimsuchten.

Rudolf war eine Art Generaldirektor sowohl des Tierparks wie des integrierten botanischen Gartens, der mehr und mehr einem begrenzten Urwald glich, Elsa war zusammen mit den wechselnden Hausgehilfinnen, meistens aus Thailand oder aus Afrika und des Italienischen unkundig, für die strapaziöse Pflege verantwortlich. Cesare versah das Amt des Stellvertreters des Direktors. Arche Rudolf. Wenn man es in seiner Gegenwart ansprach, konnte es vorkommen, daß er nicht mehr mit einem redete. Keiner wird gerettet, schon gar nicht auf einer Arche, knurrte er dann und verließ den Raum. Wenn es nach ihm ginge, sollte der Begriff der Arche nur noch in der Kirche benutzt werden, in heiliger Umgebung.

Unter der Wohnung befand sich das der Universität assoziierte Institut für Kommunikationsforschung, das Rudolf allerdings wie sein Eigentum behandelte. Wenn man Elsa glauben mochte, war von Kommunikation allerdings nicht viel die Rede, von Forschung ganz zu schweigen. Rudolf haßte es, Seminare abhalten und die Arbeiten der Studenten lesen zu müssen. Man lernt nichts mehr von den Studenten, war seine Meinung, außer wie man sich nicht kleiden und ernähren sollte. Um einen klaren Kopf zu behalten, muß man sich von den Studenten fernhalten, behauptete er.

Auch die Stadt, die ihm zu Füßen lag, mied er mit den Jahren. Eigentlich war nach der ersten Begegnung alles vorbei. Er hatte sich eine kindliche Freude über das erste Turiner Jahr bewahrt, der Rest war Routine. Je mehr er die Stadt mied, desto unnahbarer erschien sie ihm. Eigentlich wächst ja die Liebe zu einer Stadt mit den Erfahrungen, die man in ihr macht, aber bei Rudolf war es genau umgekehrt.

Dafür ging er ständig auf Reisen. Bei acht von zehn Versuchen, ihn telefonisch zu erreichen, hieß es, er sei auf einem Kongreß in einem anderen Land, auch in Deutschland, obwohl man ihn nicht einmal dort zu fassen kriegte. War er mal selber am Apparat, mußte man sich kurz fassen, weil er noch packen mußte. Tokio, Harvard, London, Lyon. Trotz des Internets legte man noch Wert darauf, sich zu sehen, obwohl jeder wußte, daß diese Treffen in wissenschaftlicher Hinsicht keinerlei Wert mehr besaßen. Gottseidank gibt es keinen Austausch unter den Universitäten, sagte er häufig, sonst würde man entdecken, daß ich denselben Vortrag immer wieder halte, seit zwanzig Jahren. Nur den Titel mußte er ändern, und da er eine Begabung für Titel hatte, waren einige seiner Aufsätze (meist über die »destruktiven Seiten der konstruktiven Vernunft«) sogar populär geworden. Ich habe nie verstanden, wie er mit den Selbstverständlichkeiten, die er in seinen wenigen wissenschaftlichen Arbeiten ausbreitete, in akademischen Kreisen Erfolg haben konnte. Was wir treiben, ist keine Wissenschaft, sondern Ansichtssache, sagte er dann, außerdem nimmt uns sowieso keiner ernst. Wir bilden Journalisten aus, die später ohnehin nicht das schreiben dürfen, was sie schreiben wollen, und nach dreißigjähriger Berufserfahrung wollen sie nur noch das schreiben, was sie schreiben dürfen. Es sei besser, die Studenten gar nicht auszubilden und sie machen zu lassen, was sie wollten, war Rudolfs Ansicht, weil sie ohnehin nichts lernen wollten; sie wüßten sowieso alles besser, würden auch schneller reagieren als gebildete Leute. Sie kommen als fertige Menschen auf die Welt, verheeren diese ein wenig mit ihren besserwisserischen Ansichten, aber das ist alles nicht der Rede wert. Die großen Demagogen kommen aus der Philosophie, nicht aus unserem Institut.

In den letzten Jahren hatte Rudolf vier kurze Romane geschrieben, die ihm Literaturpreise, Ehrungen und viel Geld einbrachten. Er wurde in alle nur denkbaren Sprachen übersetzt, selbst aus Korea kamen Belegexemplare.

Mit jeder Auszeichnung wurde seine Stimmung schlechter, sein Enthusiasmus für hypochondrische Lebensformen und pessimistische Weltbilder nahm entsprechende Ausmaße an. Das bekannte, aber dennoch merkwürdige Bedürfnis, als Schriftsteller einer bestimmten Gruppe anzugehören (und dementsprechende Regeln einzuhalten), war bei ihm einem rigiden Individualismus gewichen, dessen oberstes Gebot es war, sich nirgends anzuschließen. Nichts war ihm widerwärtiger als eine Versammlung von Autoren. Als ich ihn einmal auf eine Party zu Ehren der Literatur mitgenommen hatte und er zum ersten Mal mehrere Schriftsteller auf engstem Raum versammelt sah, normale Romanciers und Lyriker und sogar einige wenige Dramatiker der alten Schule, war er noch vor Betreten des Festzimmers umgekehrt und davongelaufen. Und als mich eine deutsche Akademie bat, Rudolf zu fragen, ob er geneigt wäre, den Großen Ehrenpreis für Literatur anzunehmen, lief ich tagelang wie mit einem furchtbaren Geheimnis herum, bis ich ihn endlich anrief. Rudolf beschwor mich, den Präsidenten von seinem Vorhaben abzubringen. Du rettest mein Leben, rief er, auflachend, in den Hörer, wenn du es schaffst, die Jury umzustimmen. Du mußt sie von der mangelhaften Qualität meiner Bücher überzeugen, dieser irrsinnige Satz ging mir nicht mehr aus dem Kopf. Die Vorstellung, jetzt im Anzug nach Deutschland kommen zu müssen, sei für ihn lebensverkürzend. Den Preis erhielt dann einer, der sich offenbar sehr darüber freute, weil er der irrigen Ansicht war, ihn gar nicht verdient zu haben, was, so Rudolf, der Wahrheit gefährlich nahe kam. Die Preisverleihung war gut besucht, die Dankesrede wurde in der Zeitung abgedruckt, eine Art nihilistische Poetik, die inzwischen auch in einem Sammelband des Autors nachzulesen ist. Gut formulierter Blödsinn. In der Nacht nach der Preisverleihung rief mich Rudolf an und fragte, ob alles gutgegangen sei. Wie war mein Stellvertreter? Es war sehr stimmungsvoll, sagte ich und schämte mich im selben Moment für diesen Unsinn. Warum konnte ich ihm nicht die Wahrheit sagen? Tatsächlich hatte ich aus Scham der Rede kaum folgen können. Tatsächlich war mir diese Dankesrede, diese geläufige Übung, wie das Gründungsmanifest einer Welt ohne Scham vorgekommen. Als ich aufgelegt hatte, dachte ich, daß Rudolfs Stimme geradezu hysterisch geklungen hatte, als wäre er noch einmal davongekommen. (Später, als ich diese Geschichte in einem größeren Kreis, zu dem auch der Preisträger gehörte, erzählte, behauptete ein in unserer Stadt angesehener Dichter, der das Dichten aufgegeben hatte, weil er es zu mühelos beherrschte, Rudolf hätte den Preis nicht annehmen wollen, weil er auf einen anderen, größeren gehofft hätte. Er hat spekuliert und verloren, hatte der nicht mehr dichtende Dichter zufrieden kommentiert, während der Preisträger dreingeschaut hatte, als wäre er bei einem Diebstahl erwischt worden.)

Die Sonne stand jetzt so tief, daß nur noch die Schuhe an meinen ausgestreckten Beinen beschienen waren, ich spürte plötzlich die Wärme an den Füßen. Die Frau im roten Kunstlederrock war verschwunden. Wie hatte sich dieser augenaufreißerische Farbfleck unbemerkt davonmachen können? Ich mußte eingedöst sein. Noch immer war ich der einzige Gast. Aus dem Dunkel der Bar hörte ich einen bekannten Schlager, an dessen deutsche Fassung ich mich zu erinnern versuchte, aber es wollte mir nicht gelingen. Immerhin gab es den Kellner noch. Gegenüber lag eine Schule, ein mächtiger, brütender

Kasten, dessen mir zugewandte Seite bis auf Armhöhe vollständig mit obszönen Sprüchen und Zeichnungen beschmiert war. Ein Zeichensalat. Einige besonders jung aussehende Schüler standen an die Mauer gelehnt und rauchten. Sie schienen sich wohl zu fühlen. Kein Mensch beachtete sie, weder die Lehrer, die zielstrebig das Portal durchquerten und auf ihre Autos zuliefen, noch die alten Damen, die, mit Netzen behangen, auf dünnen Beinchen an den Flegeln vorbeitrippelten. Nur ich war offenbar interessiert. Diese rauchenden Kindgreise waren wirklich allein. Und sie wußten es.

Seltsam, mit welchen Menschen man ungewollt den Tag verbringt. Erst die Trauergemeinde, dann der Kellner, jetzt die Jungen. Nicht zu vergessen die Menschen im Flugzeug, das mich am Morgen nach Turin gebracht hatte, lauter Geschäftsleute, die sich sofort, nachdem sie angeschnallt waren, in die fallenden Kurse im Handelsblatt vertieft hatten, eine Gruppe ausgesuchter Masochisten mit kleinem Gepäck, die am Abend »nach getaner Arbeit« wieder zurückfliegen würde. Keine Kunsttouristen, keiner, der nach Turin flog, um den Ort zu besichtigen, wo der alte Philosoph Brummbär in seiner dunklen Verzweiflung ein strauchelndes Pferd durch seine Anteilnahme schützen wollte, keine Liebespaare auf der Flucht, keine versprengten Einzelgänger, nur diese seltsam körperlosen Geschäftsleute, durch die allein der Flugverkehr aufrechterhalten werden kann, diese funktionierenden Handelsblatt-Leser, die plötzlich aus ihren viereckigen Köfferchen winzige Rechencomputer herausholen und mit steinernen Gesichtern den zu erwartenden Kursverfall ausrechnen. Kein einziger meiner Zeitgenossen hatte aus dem Fenster geschaut.

Es war egal, wo man sich befand.

Ich war also heute schon mit rund hundert Menschen ungewollt »in Kontakt« getreten, und fragte mich nun, an meinem kleinen Tisch sitzend, was für eine soziale Zumutung es ist, dies aushalten zu sollen. Wie hält man es aus, andere Menschen aushalten zu müssen, die ihrerseits einen selber nicht ausstehen können. Virtuosen des Wegsehens. Der Mann im Flugzeug neben mir hatte einen so beißenden Geruch nach Urin verströmt, daß ich mich fast übergeben hätte. Aber alle Versuche, einen anderen Platz zu erreichen, wurden von der Stewardeß vereitelt. Ich mußte in dieser widerlichen Begleitung die Alpen überqueren. Rudolf stieg morgens aus dem Bett und ging zehn Stufen hoch in seinen Tierpark, einmal in der Woche eine Treppe hinab in seinen Seminarraum, um lustlos den Studenten zuzuhören. Aber ich war am Leben, während er bereits unter der Erde lag.

Als plötzlich ein freies Taxi die Straße entlangkam, winkte ich es heran und sprang hinein. Durch die Heckscheibe konnte ich den entgeisterten Kellner beobachten, der, die Hände in die Seiten gestemmt, seinem entgangenen Geld hinterherglotzte. Zum ersten Mal heute war ich Gegenstand ungeteilter Aufmerksamkeit geworden.

3

Das Hospital lag am anderen Ende der Stadt, in den Hügeln, und der Fahrer schien glücklich darüber zu sein, mir auf der langen Fahrt die Sehenswürdigkeiten zeigen zu dürfen, die Turin zu bieten hat. Ein Taxifahrer, der seine Stadt liebte. Eine Stadt der Selbstmörder, Pavese, Levi, Lucentini, Rudolf. Ich war, wie bei allen Besuchen zuvor, sofort zu Hause. Es gibt Städte, die sich einem aufdrängen, und andere, die nicht das geringste Interesse an einem zeigen. Sie vergessen dich, wenn du sie nicht regelmäßig besuchst. Sie füllen Baulücken, um dich zu verwirren, legen Umleitungen an, damit du sie nicht wiedererkennst. Sie wollen um alles in der Welt nicht erobert und geliebt werden. Turin dagegen gehörte mit seiner spürbaren Diskretion zu den Städten Europas, in die ich bei sich bietender Gelegenheit gezogen wäre, auch um hier zu sterben. Aber mir fehlte das Glück, das Rudolf bis zu seinem Tod immer im Überfluß gehabt hat. Ein Glückspilz, trotz seiner Melancholie, seiner Depressionen und seiner Anfälle von roher Wut. Er war, weil die Stadt nichts von ihm wollte, hier zu Hause.

Obwohl das Krankenhaus von außen überschaubar aussah, war es für einen Fremden ein Kunststück, Elsas Zimmer zu finden. Innen gleichen sich alle Krankenhäuser, von den positiven Bildern an den Wänden bis zum Geruch. Labyrinthe, die nur von Ärzten und Schwestern gemeistert werden, nicht von Kranken. Die Kranken kennen lediglich ihr Zimmer, das Raucherzimmer und die Ausgänge. Auch hier hatte mich vor dem Eingang eine marode Delegation von rauchenden Patienten in Bademänteln mit abenteuerlichen Verbänden um alle nur möglichen Körperteile empfangen. Man zeigte seine Wunden. Beinstümpfe, amputierte Arme, in Mull versteckte Köpfe, aus denen es qualmte. Jeder Ankömmling, der sich aus eigener Kraft bewegen konnte, wurde mit offener Feindseligkeit gemustert. Wartet nur, bald seid auch ihr dran, schwiegen sie die Fremden an, die alle schuldbewußt den Kopf hängen ließen.

Elsas Zimmer lag im obersten Stockwerk und war nur zu erreichen, wenn man sich Zugang zur Station durch eine abgeschlossene Glastür verschafft hatte. Welche Krankheit mußte man haben, um hier liegen zu dürfen?

Das erste, was ich, die Türklinke noch in der Hand, von Elsa zu hören bekam, war die Bitte, leise zu sein. Sei leise, meine Nachbarin schläft. Tatsächlich herrschte nach diesem geflüsterten Satz Totenstille im Zimmer, kein Ticken eines Weckers war zu hören, nicht einmal ein leises Gurgeln der Infusionsapparate, die das bescheidene, unentschlossene Leben in Gang hielten. Und aus dieser trockenen, kalten Stille, aus dieser Abwesenheit von Bewegung erhob sich wie ein ängstlicher Vogel ein zartes Wimmern, das, von der Sinnlosigkeit dieser Anstrengung überwältigt, sofort wieder erstarb. Die Nachbarin, an verschiedene, in sich verschlungene Schläuche angeschlossen, seufzte wimmernd vor sich hin. Ein graues, eingefallenes Gesicht und zwei seltsam rote Hände waren alles, was man sehen konnte. Es sah fast so aus, als hätte die Frau keinen Körper, so flach und bewegungslos lag sie da. Das Fenster stand offen, und während ich mich auf Zehenspitzen Elsas Bett näherte, sah ich, wie zwei Schwalben mit unerhörter Geschwindigkeit am Fenster vorbeistürzten, als wollten sie demonstrieren, zu was ein gesunder Körper fähig ist.

Ich hatte nicht viel zu sagen. Mir fiel nichts ein, nicht einmal ein tröstendes Wort. Elsa schaute mich lange aus ihrem ungesund blassen Gesicht an, nahm kurz meine Hand und drückte sie kraftlos. Ich war froh, als sie sie wieder freigab und ließ sie auf dem Bett liegen, als gehörte sie nicht zu mir.

Es ist furchtbar, ohne Schutz zu sein, murmelte sie.

Wann wirst du entlassen? fragte ich.

Wer weiß? In zwei oder drei Tagen, in einer Woche?

Sie gab mir, weil es nichts zu besprechen gab und jedes überflüssige Wort die Wunden, die hier geheilt werden sollten, nur vergrößerte, aus der Nachttischschublade die Schlüssel von der Wohnung, erklärte mir in unverständlichen, von langen Pausen unterbrochenen Sätzen, wie ich auf die Terrasse käme und schrieb mir in zittriger Schrift die Namen der beiden Mädchen auf, die nach den Tieren sahen.

Du kannst alles in Ruhe studieren, sagte sie, hoffentlich findest du dich in Rudolfs Geheimnissen zurecht. Und kümmere dich um Cesare, der Rudolf wahrscheinlich am meisten vermißt.

Bei den letzten Worten war ihre Stimme so leise und brüchig geworden, daß ich erleichtert war, als eine Schwester das Zimmer betrat und mich aufgeräumt aufforderte, den Raum zu verlassen. Hatte ich eine Sterbende gesehen? Oder waren die Medikamente schuld? Auf ihrem Nachttisch war eine in viele Kästchen unterteilte Schale gestanden, die von farbigen Pillen geradezu überquoll, und als ich mich wegen meiner Kurzsichtigkeit hinabgebeugt hatte, um die Beschriftung auf der Schale zu studieren, hatte ich einen genauen Stundenplan vor Augen, der die Einnahme dieser giftig aussehenden Liebesperlen regeln sollte. Ich war mir sicher, daß Elsa keine dieser ungesund aussehenden Pillen freiwillig schluckte. Sonst war, außer der Lampe, nichts von dem auf dem Nachttisch gelegen, was zur Standardausrüstung von Krankenhauszimmern gehörte und auf dem Tisch der das Leben verlassenden Zimmergenossin auch überreichlich vorhanden war: Obst (meist Apfelsinen, die von Todkranken nur mit Mühe oder gar nicht geschält werden konnten), Kekse, Schokolade, Blumen, Zeitungen und ein Buch. Elsa war offenbar zu lethargisch zum Lesen. Daß sie nicht einmal ein Buch bei sich hatte, war für mich das sicherste Anzeichen dafür, daß sie selbst nur knapp dem Tod entgangen sein mußte. Aber was war geschehen? In den Nachrufen – den eiligen, die schon am Tag nach seinem Tod erschienen, wie auch den ausführlichen in den Wochenendausgaben – war Elsa nur als Ehefrau von Rudolf erwähnt worden, nicht einmal der Journalist von »Il Tempo«, in dessen Text die Worte »tragisch« und »Tragik« die Hauptrolle spielten, hatte eine genauere Beschreibung für sie gefunden. Die Literatur hatte einen tragischen Verlust erlitten, nicht aber die Ehefrau. In den deutschen Feuilletons war nicht einmal ihr Name vorgekommen, obwohl ihre Bücher doch, zumindest in der »ZEIT« und in der »FAZ«, wohlwollende Beachtung gefunden hatten. Wußte man nicht, daß Rudolf mit Elsa verheiratet war, oder wurde Rudolfs Neigung, sein Privatleben mit übergroßer Bedachtsamkeit gegen alle Einsicht von außen abzuschirmen, tatsächlich respektiert? In der »New York Times« stand immerhin der lakonische Schlußsatz: Er hinterläßt seine Ehefrau, Elsa, die ebenfalls an der Universität Turin unterrichtet.

Ich hätte doch die Kollegen von Rudolf auf dem Friedhof fragen sollen, was mit Elsa passiert war, ging mir durch den Kopf, meine Scheu war alles andere als klug gewesen. Von der Schwester, die ich, auf dem Flur wartend (mit einer alten Frau in Narkose, die man hier ohne jede Begleitung abgestellt hatte), abpaßte, als sie Elsas Zimmer wieder verließ, war nichts zu erfahren. Kein Sterbenswort, nur das maliziöse Lächeln einer Wissenden, die nicht bereit war, ihre Kenntnisse mit einem Fremden zu teilen. In Ihrem Fall, schien sie mir sagen zu wollen, werde ich es genauso halten, selbst in italienischen Krankenhäusern können Sie sich auf Diskretion verlassen.

Ein kurzer Besuch. Bald hatte ich mich wieder durch die verzweifelt Rauchenden in ihren Bademänteln gezwängt und stand auf der Straße, ein wenig hilflos, ein wenig überflüssig, ein wenig krank. Einem Bettler, der mit ausgestreckter schuppiger Hand an den Passanten vorbeischlich, ohne sie anzublicken, gab ich eine Münze, die ohne jeden Kommentar in seine andere Hand wechselte und dann in seinem kaftanähnlichen Gewand verschwand. Ein sanfter Regen fiel auf den heißen Asphalt, von dem ein wunderbar süßlicher Geruch aufstieg. Ich machte mich wie befreit auf den Weg, ohne zu wissen, in welche Richtung ich ging.

An einem Kiosk kaufte ich Zeitungen und Zigaretten und einen Stadtplan von Turin, auf dem ich, in einem Café, die Orte einkringelte und mit Linien verband, die für mich von Bedeutung waren: den Friedhof, das Krankenhaus, das Institut und den Hauptbahnhof. Es entstand ein ziemlich schiefes Viereck. Ich mußte unbedingt weitere Orte finden, um mir die Stadt aneignen zu können. Von allen Städten, die ich je besucht hatte, existieren solche Stadtpläne mit meinen Eintragungen. Vielleicht sollte ich die Todeshäuser der berühmten Turiner Selbstmörder einzeichnen. Das kleine Hotel, in dem Pavese sich das Leben genommen hatte, das Wohnhaus Primo Levis, das ich unbedingt aufsuchen wollte, die Adressen Nietzsches. Meine Stadtpläne hatten für mich eine kultische Bedeutung, und wenn ich, oft nach Jahren, einen von ihnen wieder hervorzog und die Linien betrachtete, die ich einmal gezogen hatte, dann ergaben sie stets ein Bild von mir, eine flüchtige, aber doch präzise Skizze, die die furchtbare Komödie der Erinnerung in Gang setzte. Wenn ich dagegen meine Handschrift sehe, wie sie früher gewesen ist, oder auch Fotos, erkenne ich mich oft nicht wieder. Die Dinge halten mich nicht fest. Ich kann mich an tausend »Augenblicke« erinnern, an Wohnungseinrichtungen, Straßenecken, Landschaften, ich weiß, ob es geregnet hat oder anfing zu regnen, ich sehe die Sonnenflecke, die in Rom bei Sturm über die Hausfassaden der Piazza Navona rasten, und ich habe den warmen Geruch nach Heu in der Nase, wenn ich an meinen Großvater denke, aber ich sehe mich selbst nicht in diesen Bildern. Ich komme nicht vor. Ich weiß nicht, wo ich stand, was ich gedacht oder gesagt habe. Es wird mir leichter sein, Rudolfs Leben aufzuschreiben als mein eigenes.

Ohne daß ich nachhelfen mußte, spürte ich einen Groll gegen Rudolf in mir aufsteigen. Ich hatte gar nicht an ihn gedacht, eher an Elsa, an ihre heiße, mürbe Hand, die ein gewaltiger Kummer entkräftet hatte. Rudolf hatte mich sitzenlassen. Weil er kein Talent zum Abschied hatte und der Rest an Verantwortung gegenüber Elsa und mir bei der Vorbereitung seiner Selbsttötung aufgebraucht war, hatte er sich ohne jede Vorwarnung davongemacht. Auch früher gehörte Anteilnahme nicht zu seinen Tugenden. Manchmal konnten Monate vergehen, bis er sich wieder meldete, aber auch dann waren es eher Selbstversöhnungen als der ernstgemeinte Versuch, sich für seine Eskapaden zu entschuldigen. Ich war auf einem steilen Weg ins Abseits, sagte er dann, Gottseidank habe ich gerade noch die Kurve gekratzt. Kein Wort darüber, wo dieses Abseits lag. Hat dich eine Frau ins Abseits begleitet? Auf solche Fragen gab er keine Antwort. Im Gegenteil. Sofort wurde zurückgefragt, ob ich wirklich eine so naive Vorstellung von Abgründen hätte, und die Frage wurde von seinem boshaften, zügellosen Gelächter begleitet, das jede weitere Nachfrage meinerseits unmöglich machte. Er verspürte keinerlei Neigung, mich in seine Labyrinthe einzuweihen, und wenn man sich in ihnen verlief, mußte man mit seinen sarkastischen Kommentaren vorliebnehmen.

Vor dem Café stand ein Mückenschwarm in der Luft. Du hast mich, dachte ich, auf einen Weg gebracht, der mich von dir entfernen wird. Vielleicht werden wir uns nie wieder begegnen. Und wenn wir uns noch einmal treffen sollten, werden wir uns nicht erkennen.

4

Gleich die erste Studentin – klein, rothaarig (den quellenden Haarbusch ohne großen Erfolg durch eine Baseballmütze zähmend), mit einem schimmernden Knopf in der Nase –, die ich nach dem Büro des *direttore* fragte, führte mich, obwohl sie mit ihrem unförmigen Rucksack das Haus gerade verlassen wollte, in den ersten Stock in das Sekretariat, wo mich Marta, Rudolfs Mitarbeiterin der letzten Jahre, in Empfang nahm. Sie schien erleichtert zu sein, mich zu sehen, was nichts an ihrer mürrischen Haltung änderte. Nach Elsas »Ausfall« hatte sie mich mit nichtssagender Freundlichkeit telefonisch über das Datum der Beerdigung unterrichtet. Wenn Sie kommen wollen. Ich wollte.

Kaffee, Wasser, Kekse. Der Raum hatte eine gewölbte, mit mythologischen Tableaus bemalte Decke, die von einer Lampe mit grellweißem Licht angestrahlt wurde. Schon wieder eine Aussegnungshalle, nur hing hier statt eines Kruzifix ein Bild von Rudolf an der Stirnwand, das Plakat einer Lesung in der Stadtbücherei Würzburg. Er lächelte sein bitteres Lächeln, das einzige, über das er verfügte. Rudolf gehörte zu den Menschen, die weder verschmitzt oder durchtrieben noch boshaft oder zynisch lächeln konnten. Wenn überhaupt, dann zeigte er sein trockenes, bitteres Lächeln, das sein von Altersflecken wie von Rost überzogenes Gesicht in ein faltiges Gelände verwandelte. Dieses Gesicht hing nicht nur in Stadtbüchereien, sondern auch in vielen Zimmern literaturbesessener Mädchen. Und in Turin. Jemand hatte eine Rose, die bereits den Kopf hängen ließ, lieblos zwischen

Plakat und Wand geklemmt. Rudolf, ein Spezialist für Wiesenblumen, konnte Rosen nicht ausstehen und lehnte es kategorisch ab, Dichter zur Kenntnis zu nehmen, die mit der symbolischen Aura von Rosen Eindruck zu schinden hofften. Zwei Schreibtische, einer mit Akten, Zetteln und Krimskrams überladen, der andere leer. Auf Martas Tisch ein an der oberen Kante eingerissenes Foto von ihr mit Rudolf, daneben in einer Limonadenflasche eine zweite Rose, die gerade dabei war, ihre letzten Blütenblätter fallen zu lassen. Ich war in einem Zimmer gelandet, in dem Rudolf nicht verstanden wurde, das machte mich mißtrauisch. Überall standen und lagen Rudolfs Bücher in allen möglichen Sprachen herum, woraus ich schloß, daß Marta in der Hauptsache mit diesem Zweig von Rudolfs Produktion beschäftigt war.

Warum sind Sie so schnell vom Friedhof verschwunden? fragte sie vorwurfsvoll, ich hätte Sie gerne dem Dekan vorgestellt, der Sie unbedingt sprechen wollte. Marta hat ein schönes flaches Gesicht, das gelegentlich an den unterschiedlichsten Stellen zuckte, als müsse es auf bestimmte Wörter reagieren. Rudolf war eines von ihnen. Es huschte wie ein Irrwisch auf ihrem Gesicht herum, suchte und fand einen geeigneten Platz, ließ sich nieder und brachte die Haut in Erregung.

Man hatte mich also doch erkannt, als den einzigen Fremden identifiziert. Offenbar mußte man in Rudeln auftreten, um Verwechslungen zu ermöglichen. Immerhin war jetzt allen, die es wissen wollten, bekannt, daß ich in der Stadt war. Warum dies von Bedeutung sein sollte, war mir nicht klar, aber ich fühlte, es hatte eine Bedeutung. Man rechnete mit mir. Man würde sich zur Verfügung halten müssen.

Ich wollte allein sein, sagte ich, und während ich den

Satz in meinem holprigen Italienisch aussprach, kam er mir so pathetisch deutsch vor, daß ich am liebsten noch etwas angehängt hätte, einen Scherz, eine ironische Bemerkung. Die ganze Menschheit, auf jeden Fall alle Italiener wollen bei einem Todesfall beisammen sein, nur der einzige Deutsche möchte natürlich allein den Schmerz bewältigen. Blöder kann man sich nicht einführen, dachte ich und schaute Marta zu, die, wie ein Insekt, mit hängenden Armen um mich herumging. Sie trug auch im Büro hochhackige Schuhe, die auf dem Steinboden wie das Ticken einer Uhr klangen. Sie will mir die Zeit zumessen, ging mir durch den Kopf. Ihre Schuhe waren von einem tiefen Rot.

Das kann ich gut verstehen, sagte Marta, die nun sehr dicht vor mir stehengeblieben war. Als ich mir vorstellte, wie eingezwängt er in seinem Sarg liegt, ohne sich wehren zu können, wollte ich auch weglaufen. Er hat sich ja immer eingeengt gefühlt, sein ganzes Leben lang, von seiner Herkunft und von seiner Familie, von seinem Beruf und dem Institut, von seiner Ehe und besonders vom Schreiben. Er war geradezu die Definition eines eingeengten, eingesperrten Menschen, der es mit der Zeit aufgegeben hatte, nach Fluchtmöglichkeiten zu suchen. Das Schreiben aufzugeben war, seiner Meinung nach, die einzige erfolgversprechende Möglichkeit, noch eine Weile am Leben zu bleiben. Aber wie soll man das Schreiben aufgeben? Familie, Beruf, Institut, darauf hätte er im äußersten Fall verzichten können, aber Herkunft und Schreiben, das ließ sich nicht abschütteln. Sagte er jedenfalls, sagte Marta und nahm ihre ruhelose Wanderung wieder auf. Diese seltsame Mischung aus Trauer und Scharfsinn, die sein Schreiben war, mußte ihn zerstören. Es war nur eine Frage der Zeit. Jeder, der ihn kannte, wußte das. Jedes Wort, das er schrieb, war ein Nagel zu seinem Sarg. Wer ihn, wie ich, Tag und Nacht bei seiner Zimmermannsarbeit beobachten mußte, war wenigstens vorbereitet. In Ihrer Haut dagegen möchte ich nicht stecken.

War dieses eigentümlich sprunghaft vorgebrachte Psychogramm meines Freundes reine Schaumschlägerei oder hatte sie ihn tatsächlich genauer durchschaut als wir alle, die wenigstens Rudolfs Schreiben als eine Befreiung von dem schweren oder als schwer empfundenen Rest seines Lebens deuten wollten? Auf jeden Fall – da war ich mir mit Marta einig – hätte man Rudolfs Leichnam verbrennen und die Asche verstreuen sollen. Elsa war dagegen gewesen, erfuhr ich nun, und ich ahnte, daß diese Enthüllung nicht die einzige bleiben würde.

Es gibt Menschen, die Beerdigungen dazu benutzen, den Verblichenen ohne Skrupel, Hindernisse oder Rücksichten einer beißenden Kritik zu unterziehen, um ihn kleinzumachen. Sie benutzen die Erleichterung der vollzogenen Bestattung als Ventil, um ausschließlich die schlechten Seiten des Verstorbenen hervorzuheben. Ich wollte aufpassen, daß ich nicht in einen solchen Kreis schlechter Nachrufer rutschte.

Und wie lange wollen Sie bleiben? fragte Marta. Sie schien ein Talent für Fragen zu haben, die keine Antworten erforderten. Sie schaute mich nicht einmal dabei an. Manche Menschen, die nicht viel zu erzählen haben, bringen es als Fragende zu einigem Ansehen, man begegnet ihnen überall, im Gasthaus und im Parlament, besonders aber in der Familie, die sich in aller Regel in Erzähler und in Frager teilt. Und da Rudolf nie auf die Idee gekommen war, eine Frage zu stellen, war Marta vielleicht die ideale Ergänzung seines Lebens. Die meisten

Frager, hatte Rudolf einmal gesagt, wissen schon die Antwort, ihre Frage ist Teil der Antwort. Sie lassen die Antwort auf die selbstgestellte Frage so schnell folgen, weil sie Angst haben, ein anderer könnte sich dazwischenquetschen.

Was sollte ich antworten? Ein, zwei Tage, vielleicht eine Woche?

Es kommt darauf an, wann Elsa entlassen wird, sagte ich, sie muß ja in jedem Fall entscheiden, welches Material ich nach Deutschland mitnehmen darf.

Ich hatte Marta bei der Erwähnung des Namens von Rudolfs Frau genau angeschaut, weil ich sehen wollte, ob sie eine ungewöhnliche Reaktion zeigen würde. Aber sie schaute nur unverwandt und ein wenig benommen mit hochgezogenen Augenbrauen zurück.

Elsa, ja, das war alles, was sie sagte. Es schien gefährlich, sich dem Problem noch weiter zu nähern. Sie zündete sich eine Zigarette an und ließ, die Zigarette zwischen den Lippen, den Rauch kunstvoll aus Mund und Nase gleichzeitig strömen, als sei in dieser sicher einstudierten Übung das Geheimnis verborgen. Ein Orakel, aber keiner da, der dessen Zeichen deuten könnte. Es fehlt nur noch, dachte ich, daß ihr der Rauch auch aus Augen und Ohren quillt.

Einen Hang zur Übertreibung konnte man Marta nicht nachsagen, wohl aber pflegte sie einen Kult der Verwandlung. Sie saß im nächsten Moment und wie verwandelt wie eine junge Geschäftsfrau vor mir, die etwas abzuwickeln hatte. Aber was? Würde sie ihre Stelle behalten, wenn ein Nachfolger für Rudolf gefunden worden war? Da Rudolf der Gründungsdirektor des Instituts war, kannte sie wahrscheinlich auch das Versteck für die schmutzige Wäsche, die es in allen Instituten auf der

Welt gibt, also würde man sie vorsichtig behandeln. Aber vor allen Dingen war sie in den letzten Jahren, als Rudolfs Romane erschienen, seine engste Vertraute gewesen, und da der Motor des akademischen Interesses international bereits angelaufen war, konnte es nicht ausbleiben, daß Marta zur ersten Informantin werden würde, zumal nicht sicher war, ob und wann Elsa sich je wieder erholen sollte. Wenn ich also, als der von Elsa bestimmte Nachlaßverwalter und älteste lebende Freund von Rudolf, das Vertrauen eines Menschen gewinnen mußte, dann war es das von Marta. Plötzlich war ich mir sicher, daß sie das wußte, »genauso sah«. Sie wartete auf ein Angebot. Ich mußte ein Angebot abgeben, und zwar schnell, damit sie ihre Entscheidung für mich nicht noch einmal revidieren konnte. Wir mußten ein Team bilden, denn der eine ohne den anderen war nichts wert.

Mit einer Spur von naivem Zutrauen hatte ich zunächst angenommen, sie würde bereitwillig die »Schubladen ihrer Erinnerung aufziehen« und mich Einblick nehmen lassen, aber das war grundfalsch. Wenn ein seriöses Angebot gegenseitiger Hilfe auf dem Tisch lag, konnten die Verhandlungen über die Zuständigkeiten beginnen, wie lange sie dauerten, war ungewiß. Ich wußte nun, daß ich nicht versuchen durfte, sofort in die Geheimnisse ihres Verhältnisses zu Rudolf einzudringen. Ich mußte warten, ihr Zeit geben. Nur wenn sie das Gefühl haben würde, den Zeitplan zu bestimmen, könnte ich sie vielleicht zu wichtigen Aussagen bringen. Gerade aber diese strikte Selbstzensur meinerseits führte zu großzügigen und unangenehmen Spekulationen über Rudolfs erotisches Leben, das mir bis dahin, sieht man von unserer Jugend ab, eher von den mehr oder weniger eingehaltenen Regeln der Ehe bestimmt zu sein schien als von hemmungslos oder doch wahllos ausgelebten Leidenschaften. Wahrscheinlicher war, daß er gelegentlich in etwas hineingezogen wurde, daß seine Tolpatschigkeit einerseits, sein wachsender Ruhm andererseits eine bestimmte erotische Anziehungskraft entstehen ließ, die auf einen gewissen Teil seiner weiblichen Leserschaft mehr als attraktiv wirkte. Seine Zurückhaltung, seine Unkenntnis (die vielleicht nichts anderes war als eine vorgeschobene Unschuld?) in Fragen der Verführung konnte einen im literarischen Milieu gar nicht selten anzutreffenden Typ von Frau reizen, ihn mit einem feingesponnenen Netz aus Schutz und Abschirmung einfangen zu wollen. Wenn Rudolf einmal, was er gerne und in seltsam groben Worten tat, seinen Abscheu gegenüber gesellschaftlichen Ambitionen geäußert hatte, wenn er die solide Schutzhülle aus Konvention und Erfahrung abgelegt hatte, war er in hohem Maße verwundbar. Also scharten sich Menschen um ihn, die ihn heilen wollten, ohne sich im mindesten um die Ursache seines Leidens zu bekümmern. Er war ja, nach eigener Einschätzung, unheilbar krank, also hätte nur Mitleid geholfen, mütterliche Zuneigung, die er aber um alles in der Welt nicht ertragen konnte. Andere behandelten ihn wie einen Star, doch auch das war ihm zutiefst zuwider. Eine Bedingung für die Einhaltung der Monogamie besteht ja darin, von anderen Menschen in Ruhe gelassen zu werden. Gelegenheitslose Menschen sind treu. Wer allein sein will, kann ja oft nicht einmal die Ehefrau ertragen, und die Vorstellung, auch noch eine oder mehrere Geliebte am Hals zu haben, führt solche Menschen an den Abgrund. Ich habe selbst mehrere Male nach Lesungen Rudolfs miterlebt, wie jüngere Frauen mit stumpfem Schweigen und abgeklärtem Lächeln gewartet hatten, bis sich die

Schlange der um eine Signatur bittenden Zuhörer verkrümelt hatte, um dann ihre Stunde gekommen zu sehen. Meist waren es selber Dichterinnen oder Kunsthandwerkerinnen, also Damen vom Fach, manchmal auch vermögende Witwen, die ohne jede Scham ihre freigewordenen Kapazitäten anboten, weil sie von der Überzeugung durchdrungen waren, in diesem heillosen Fall ihre Hilfe nicht versagen zu dürfen. Bei den Begegnungen, bei denen ich zugegen war, verwies Rudolf immer scheu, wortkarg und abweisend auf seine Müdigkeit, aber es war natürlich nicht ausgeschlossen, daß bei anderer Gelegenheit gerade dieses Argument gegen ihn verwendet wurde: Weil er seinen verdienten Schlaf brauche, wolle man ihm dazu verhelfen. Sie brauchen gar nichts zu sagen, hatte eine Frau geflüstert, der Rudolf mit versagender Stimme mitgeteilt hatte, er könne nichts mehr sagen, ihm fehlten die Worte. Und dabei hatte sie, ich sehe es genau vor mir, die Hand auf seinen Arm gelegt und für einen langen Moment die Augen geschlossen. Ich sehe auch noch die Panik in Rudolfs Augen, aber als dann die Angst, in etwas hineinzurutschen, ihre Arbeit getan hatte, wurde die Frau, die sich als Psychologin herausstellte, mit in ein Restaurant genommen, wo Rudolfs verloren geglaubte Worte sich wieder fanden und die ganze Runde bis weit nach Mitternacht unterhielten. Die Psychologin verfaßte in ihrer Freizeit erotische Romane über heikle Geschlechterverhältnisse, die Rudolf zu allerlei Fragen reizten. Die Adresse allerdings, die er ihr gab, damit sie ihm ihre Manuskripte zur Durchsicht schicken konnte, war eindeutig falsch: Neapel, via Camelia 3.

Hatte Rudolf also ein monogames Verhältnis zu Elsa oder zu Marta? Ich begann mich an ihr Gesicht, an das Zucken, an ihr ruheloses Gebaren zu gewöhnen, vielleicht war das der Grund, warum ich sie mir in ihrer eckigen Abgründigkeit als Rudolfs Geliebte vorstellen konnte. Kalt bleiben, flüsterte ich mir zu, keine Emotionen.

Denn ich mußte auf der Hut sein, obwohl ich nun selber von einer Müdigkeit angefallen und gelähmt wurde, die jedes weitere Nachdenken unmöglich machte.

Wie lange auch immer ich bleiben würde, sagte Marta unter Gähnen (mit aufgerissenem Mund), ich müßte mit dem Dekan der Fakultät und mit dem Präsidenten der Universität sprechen, das war ihre zunächst einzige Bedingung für mein Hiersein. Und sie fügte auch gleich hinzu, warum ihr an diesen Besprechungen, die ich am liebsten auf einen späteren Zeitpunkt verschoben hätte, so viel lag: Es ging um Rudolfs Wohnung und um die Dachterrasse. Bis zum Ende des Jahres mußte beides geräumt sein, weil man hoffte, dann einen würdigen (sie sagte tatsächlich: würdigen) Nachfolger für Rudolf gefunden zu haben.

Als der zum Nachlaßverwalter bestimmte Freund sollte ich wissen, in welchen Zeiträumen ich mit der Bearbeitung der literarischen Papiere rechnen mußte. Und vielleicht ging die Universitätsleitung ja davon aus, daß ich mich auch noch für den Zoo verantwortlich fühlen würde, wenn ich schon mal am Aufräumen war.

Sie wissen ja, daß von den verheerenden Zuständen auf der Dachterrasse offiziell kein Mensch etwas weiß, sagte Marta, und Rudolfo hat strikte Anweisung gegeben, daß außer dem engsten Zirkel keiner einen Fuß in seinen Garten setzen darf, nicht einmal der Präsident der Universität. Wer immer dieses heilige Gebot übertreten sollte, muß mit Rudolfos Fluch rechnen. Wir müssen ordentliche Unterkünfte für die Tiere finden und den

Pflanzen einen neuen Boden. Das war Rudolfos letzter Wunsch, dann erst kamen die papiernen Hinterlassenschaften. Wer weiß, ob Elsa je wieder in der Lage sein wird, das Haus zu betreten, und auf gar keinen Fall würde sie in der Lage sein, die »Berge von Scheiße«, wie Marta sich ausdrückte, fortzuschaffen und zu entsorgen. Ich bekam eine ungefähre Vorstellung davon, was mich erwartete.

Sie haben, sagte Marta, nun eher Quizmasterin als Geschäftsfrau oder erotische Komplizin, in der Ihnen verbleibenden Zeit eine schwierige Aufgabe zu lösen.

Nach einer quälend langen Stunde übergab sie mir mit pedantischen Erklärungen eine Liste der persönlichen Dinge von Rudolf, die in ihrem Büro lagerten, Korrespondenzen mit ausländischen Verlegern und Übersetzern, Manuskriptkopien mit letzten Korrekturen, die Rudolf manchmal noch telefonisch aus dem Ausland durchgegeben hatte, Kopien der Übersetzungen, an denen der sprachgewandte Freund stets bis zur letzten Minute mit selbstzerstörerischer Hingabe, ja Verfallenheit korrigiert hatte, als gäbe es tatsächlich die perfekte Übersetzung, wiederum stark korrigierte Korrekturfahnen, Umbrüche, mit farbigen Stiften verzierte Umschlagandrucke und Kopien von Anzeigen, die Rudolf vor dem Druck stets zu sehen wünschte, weil er allen Menschen, besonders aber Verlagsmenschen gründlich mißtraute. Oft genug mußte ich persönlich bei seinem deutschen Verleger vorsprechen, um in dessen Abwesenheit eine winzige Korrektur am Umbruch vorzunehmen, was den freundlichen Mann zu Haßausbrüchen gegen mich, den Überbringer der Verbesserung, veranlaßte, und ich mußte mir die Entwürfe der Anzeigen zeigen lassen, weil die Farbkopien, die Rudolf zur Abnahme in Turin zu erhalten pflegte, angeblich nicht jene Qualität aufwiesen, die man ihm versprochen hatte. Warum war eigentlich keiner seiner Verleger, die mit ihm viel Geld verdient hatten, auf der Beerdigung erschienen? Oder hatte ich sie nicht erkannt? Zu Lebzeiten jedenfalls, so Rudolf, hatten sie ihm die Bude eingerannt, besonders ein Amerikaner und ein Japaner, die jedes Jahr für eine Woche nach Turin kamen, um dem angestrengten und überreizten Rudolf ihre Aufwartung zu machen, aber auch sein deutscher Verleger ließ es sich nicht nehmen, gelegentlich – und häufig sogar unangemeldet – hereinzuschneien, um sich nach dem Fortgang des neuen Manuskripts zu erkundigen.

Alle seine Verleger haben Elsa Briefe geschrieben, sagte Marta in eine plötzlich eingetretene Stille hinein, aber sie wollte keinen Geschäftsmann auf der Beerdigung sehen. Auch seine Angehörigen und Freunde nicht.

Und seine Freundinnen? fragte ich.

Die auch nicht.

Direkt hinter Martas Schreibtisch befand sich die Tür zu Rudolfs Zimmer.

Es war noch keiner drin seit seinem Tod, sagte sie.

Und Sie? fragte ich.

Ich kenne sein Büro auswendig, ich brauche es nur zu betreten, wenn ich mit Rudolfo allein sein will.

Sie gab mir drei Sicherheitsschlüssel, einen für ihr Zimmer (immerhin, ein Vertrauensbeweis!), einen für Rudolfs Zimmer und einen für die Haustür, die ich an dem Ring mit dem Wohnungsschlüssel befestigte. Jetzt haben Sie alles, was Sie brauchen, sagte sie.

Ich hatte nichts. Nichts.

Darf ich Sie heute zum Abendessen einladen? fragte nun wieder der Deutsche, und ich hätte mich nicht gewundert, wenn ein Gelächter mich weggeputzt hätte.

Um acht würde sie mich auf der Terrasse abholen.

5

Rudolf schrieb in den letzten Jahren (in seinen eigenen Worten:) wie ein Berserker an einem Roman, der sein letzter werden sollte. Einmal noch wollte er in einem titanischen Kraftakt die Form herausfordern, das allgemeine Gesetz in der besonderen Konkretheit seiner erfundenen (?) Personen sichtbar machen, danach wollte er sich in aller Ruhe seinem Generalpessimismus überlassen. Über den normalen Skeptizismus hinsichtlich der Zukunft unserer Zivilisation und ihrer Kultur war er längst hinaus, und da ihm das nur Spielerische an der Literatur zu wenig abverlangte, mußte sein letztes Werk etwas enthalten, das er in der gegenwärtigen geistigen Produktion vermißte. Er sprach dann von »seelischem Brennstoff«, von einer »inneren Selbstbeleuchtung«, in lauter pyromanischen Begriffen, die dazu dienen sollten, sein letztes literarisches Feuerwerk in ein dunkel flakkerndes Licht zu rücken.

Von einer langsamen Entwicklung seines Werks hielt er nichts. Ich bin zu alt für Reife, hieß eine seiner albernen Selbstbezichtigungen. Wo andere ihre Werke aus der Perspektive eines vorgezeichneten Lebens betrachteten, als Bausteine zur Entwicklung dieses Lebens, das sich mit dem letzten Buch erfüllen sollte, wollte er, der sich um seine Jugend betrogen fühlte, alles auf einmal in einem großen Klotz hinstellen. Und da er es ablehnte, von seinem Leben als von einer Biographie zu sprechen, und das, was wir ohne lange nachzudenken Schicksal nennen, für dummes Zeug oder naive Einbildung hielt, sollte dieser Klotz wie ein glühender Meteorit in die gemäßigte Zone unserer Kultur fahren. Wer mein Buch anfaßt, muß eine ständige elektrische Berührung spüren, sagte er mir einmal, als er drauf und dran war, alles schon Geschriebene zu verbrennen, weil es ihm zu wenig geladen vorkam. Da wir, Rudolf zufolge, die Idee der Unsterblichkeit aufzugeben gezwungen wurden und keiner mehr so naiv sein darf, daran zu glauben, daß die Werke die gesetzlich festgesetzte Urheberrechtsfrist überleben werden, mußte das »Ding«, der »Klotz«, das »glühende Monster« in überschaubarer Zeit geschmiedet werden.

An der gegenwärtigen Literatur, die er abschätzig Mittelstandsprosa nannte, ließ er kein gutes Haar. Besonders der amerikanische Roman mit seinen verzweigten Familiengeschichten war ihm zuwider. Eine dem Irrsinn verfallene Tante, ein ewig betrunkener Vater mit einer starken Neigung zum Inzest, eine verhärmte Ehefrau, die den Pfarrer liebt, eine gottverlassene Gegend und ein paar Kinder, die damit nicht zurechtkommen – normale Familienromane eben, die man nur bei den Nachbarn abschreiben mußte, das war nicht das, was er unter Literatur verstand. Die Entstehung und Verbreitung der Unarten, so lautete sein Kommentar. Aber auch die jüngeren italienischen und französischen Autoren waren ihm fremd, Rhetoriker, die sich schamlos bei dem intelligenten Calvino bedienten, oder sentimentale Schwätzer, die dem Außenseiter huldigten, als wäre der nicht längst ausgestorben. Wer heute über Außenseiter schreibt, will selbst einer sein, aber der nicht besonders gut verborgene Wunsch hinter diesem Antrieb ist doch nichts anderes, als das Leben eines berühmten Schriftstellers zu führen, der sich der Außenseiter angenommen hat. Hast du je gesehen, fragte er dann, daß sich ein Außenseiterschriftsteller existentiell verändert hat? Nein, er ist mit jedem neuen Buch nur spießiger, ignoranter und kümmerlicher geworden, das ist die ganze Wahrheit.

Unter den deutschen Schriftstellern mochte er einige wenige, mit denen er auch brieflich Kontakt hielt oder die er zu Lesungen in sein Institut einlud, um mit ihnen einen Nachmittag verbringen zu können. Seine Einleitungen zu diesen Vortragsabenden waren berühmt, weil er die Autoren in einer zeremoniösen und geradezu anhimmelnden Weise über alle vertretbaren Maße lobte. Distanz durch Umarmung, war Elsas Kommentar, aber das traf meines Erachtens die Sache nicht. Er wollte vorsätzlich rühmen und erfand dafür eine überschwengliche, das Pathetische nicht ausklammernde Sprache. Außerdem mochte er es, wenn ihm vorgelesen wurde, weil er die Bücher dann nicht selber lesen mußte, was er freiwillig nicht übers Herz gebracht hätte. Es war ihm unmöglich, Bücher, die ihren Sinn und ihre Machart schon auf den ersten Seiten preisgaben, auch nur eine Sekunde länger in den Händen zu halten. Er ließ sie fallen und vergaß sie. Aber er war ein Zuhörer, wenn der Leser ein Autor war. Wenn man ihn am Telefon nach seiner Lektüre fragte, erfuhr man, daß er sich mit philosophischen Texten herumschlug oder theologische Werke studierte, meistens randständige Forschungsarbeiten, von denen ich noch nie gehört hatte. Seit es Internet gab, ließ er sich aus allen Teilen der Welt kistenweise Bücher schicken, von Antiquariaten und kleinen Pressen, mit denen er einen regen elektronischen Austausch unterhielt. Seine Kenntnisse waren erstaunlich. Mit jedem gescheiterten, verstoßenen, in die Dunkelheit des Vergessens verbannten Kopf hatte er Umgang, und man fragte sich, warum er statt der öden kommunikationswissenschaftlichen Referate nicht eine Geistesgeschichte der Ausgesonderten schrieb. Von ihm, dem Spezialisten für alles Häretische, das weder durch Überredung noch durch Gewalt gebändigt werden konnte, hätte man ein solches Werk gerne gelesen. Das wird alles Teil meines Romans, erhielt man dann zur Antwort. Denn das Herzstück seiner letzten Lebensjahre war dieser Roman, mit dem er seine literarische Arbeit (und sein Leben) abzuschließen gedachte, ein riesiges Werk über das verborgene, vergessene, verschüttete Wissen, das seiner Meinung nach in Spuren noch in allen von uns steckte, aber durch die Herrschaft der repräsentativen Vernunft, die er für reine Unvernunft hielt, nicht mehr wahrgenommen wurde. Mein Faust, pflegte er lachend am Telefon zu sagen, und die Anspielung auf den von ihm hochverehrten Valéry war beabsichtigt. Denn wie Valéry war er der festen Überzeugung, daß man alle Probleme, die im Laufe unserer Zivilisationsgeschichte aufgetaucht und als erledigt abgelegt worden waren, noch einmal durchdenken müsse, weil sie zwar überlebensnotwendig, aber aus schierer Trägheit nicht mehr Gegenstand des Nachdenkens waren. Und wie Valéry hatte er, nach eigenen Angaben, Hunderte von dicken Kladden mit seinen Gedanken und Überlegungen gefüllt, die er nun Stück für Stück in seinen Roman einspeisen wollte. So etwas wie »Der Mann ohne Eigenschaften«? habe ich ihn einmal scherzhaft gefragt, weil ich schon damals ahnte, er könne dieses Projekt niemals abschließen, und ein Knurren zur Antwort erhalten. Alle wirklich bedeutenden Werke zerstören oder töten ihren Schöpfer, das stand für ihn fest. Mehrere Bände, sagte er später, mehrere tausend Seiten, und er war sich sicher, daß es wirklich der letzte Roman werden wird. Er wollte endlich mit der sogenannten Phantasie aufräumen, die er für den Tod der Literatur verantwortlich machte. Homer hatte keine Phantasie, pflegte er großspurig zu sagen, und auch Dantes Phantasie hielt sich in Grenzen, trotz Hölle und Paradies. Phantasie war für ihn eine kleinbürgerliche Marotte, die nach dem Ende der Metaphysik jeder für sich beanspruchen durfte. Ein Schriftsteller, der für seine Phantasie gelobt wurde, war für ihn ein toter Mann. Politiker müssen Phantasie haben, um ihre Lügen zu verpacken, für Schriftsteller ist sie Gift.

»Das Testament« sollte der Roman heißen, aber ich war mir nicht sicher, ob es wirklich ein Roman im alten Sinne werden würde. Die sonderbaren Vorstellungen, die Rudolf mit diesem »Monster«, wie er das Werk selbst oft nannte, verband, wiesen eher auf einen groß- und vielräumigen Essay hin, und seine in den letzten Jahren immer stärker gewordene Abneigung gegen fiktive Personen, denen man abnehmen sollte, was ihnen ein Autor eingeflößt hatte, ließen auch nicht gerade einen Roman, wie unkonventionell auch immer, erwarten. Überdies war in meinen wenigen, aber langen Telefongesprächen vor seinem Tod stets ein regelrechter Haß auf alle Formen avantgardistischen Erzählens spürbar, eine sich steigernde Wut auf alle Zerstörer der Erzählung, was es noch schwerer machte, sich den Roman, der alle bisherigen Romane absetzen sollte, vorzustellen. Wäre er vorstellbar, sagte Rudolf dann trocken, müßte ich ihn ja nicht schreiben.

Als ich nun in seinem Arbeitszimmer saß, wußte ich nicht, was und wo ich anfangen sollte. Ein ratloser, verlegener Nachlaßverwalter. Der hohe Raum, der an allen

Seiten mit Bücherregalen vollgestellt war, die sich sogar über die Tür zogen, machte den Eindruck eines spätmittelalterlichen Studiolo. Auf dem gekachelten Boden lagen zerschlissene Teppiche, auf denen wiederum Bücherkisten abgestellt waren, teils aufgerissen, teils noch ungeöffnet. Auch die vielen kleinen Tische um den riesigen Schreibtisch herum dienten als Ablage für Bücherstapel und Aktendeckel, aus denen Zeitungsausrisse und Manuskripte hervorquollen. Ein vollgeschriebenes Zimmer, eine vollkommen in sich ruhende, sich auf sich selbst beziehende Welt, in der jede Realität aufgesogen und vernichtet war. Und auf jeder noch freien Stelle hatten sich Dinge angesammelt, die schon eine Ewigkeit hier abgestellt zu sein schienen, Gläser mit Federn und getrockneten Blumen, Steine, Medikamentendöschen, eine nicht geleerte Weinflasche, in der sich ein dicker Schimmelpfropf gebildet hatte, unzählige Fotos, Spielsachen (Aufziehenten aus Blech, made in China), Schlüssel, die vergessen hatten, zu welcher Tür sie gehörten. Eine Stange »Magic Towels« (put in water for a short while, then it becomes a beautiful towel), mit Micky-Maus-Abbildungen, daneben die verkleinerte Kopie eines beinamputierten Herkules. Wie blaß, uninteressant und leblos dieser Krimskrams wirkt, wenn derjenige, der ihn gesammelt hat, nicht mehr in der Nähe ist. Zu Rudolfs Zeit waren diese Abfälle so wertvoll wie Reliquien, ich kannte einige davon aus seinen Romanen, die alten Kompasse zum Beispiel, die einer seiner Helden seiner Geliebten erklärt – aber jetzt: totes Zeug. Es gibt Schriftsteller, die Modelleisenbahnen sammeln oder Glasmurmeln, die in jedem Interview eine übertrieben geheimnisvolle Rolle einnehmen, aber nach dem Tod des Autors wandern sie zum Trödler oder werden in eine Kiste gestopft, einen symbolischen Sarg. Wenn nach Jahrzehnten ein Enkel diese Kiste findet, wird er sich wundern, was sein berühmter Großvater hinterlassen hat: Zigarettenspitzen aus Elfenbein, alte Brillen, Kugelschreiber aus Venedig, in denen träge eine Gondel auf- und abfährt.

Ich nahm eine winzige afrikanische Holzplastik in die Hand, ein nacktes Männlein mit zu großem Kopf, an dem zwei Segelohren klebten. Es stand auf einem Pathéorama, das Bilder von Nizza zeigte. Daneben lag, mit einer Beschreibung, ein Smaragd der Garamanten, ein libysches Wüstenglas. In der Beschreibung hieß es, der Stein bestehe aus geschmolzenem Sand. Man nehme an, daß ein Komet vor mehr als drei Millionen Jahren auf die Wüste nördlich des Gilf Kebir in Ägypten aufschlug und den Sand zu Glas einschmolz. Tutenchamun trage einen Skarabäus aus diesem Material auf der Brust. Ich nahm den hellen, durchsichtigen Stein in die Hand und bemerkte, wie mir eine heiße Welle den Rücken hinablief. Angeblich hatte Rudolf den Stein immer dann zur Hand genommen, wenn ihm nichts mehr einfallen wollte. Ich erinnerte mich, daß er närrisch vor Freude war, als er ihn zum Geschenk erhielt. Es war für ihn ein heiliger Akt, den Stein zu berühren, eine Eroberung der Zeit.

Auch der Schreibtisch selbst bot kein anderes Bild, so daß man sich nicht vorstellen konnte, daß je ernsthaft an ihm gearbeitet worden war. Nur an der Stelle, wo man die Arme aufstützt, wenn der Kopf zu schwer wird, war das ausufernde Papiergebirge flach und lediglich mit einem dünnen Pappendeckel belegt, in dem, fein säuberlich auf Kante gestutzt, als hätte man darauf achten wollen, daß ein Stück Ordnung in diesem Chaos existiert, ein Päckchen Din-A4-Blätter lag.

Ich setzte mich und schlug das Mäppchen auf. Es handelte sich um ein handschriftliches Gedicht in zweiundvierzig von Rudolf numerierten Fassungen, chronologisch geordnet, mit verschiedenen Tinten, Kugelschreibern und Bleistiften geschrieben. Seine verspielte Handschrift (die nicht verbergen konnte, daß er sich jahrelang mit Graphologie beschäftigt hatte), die stets ruhig war, unaufgeregt, als wäre sie sich sicher, den Gegenstand, den sie einfangen wollte, auch wirklich ins Netz zu kriegen. Die seltsame Mischung aus schroffen, spitzen Oberlängen und weichen, runden Unterlängen, als wäre diese Handschrift lange auf nassem Sand geübt worden. Die letzte, obenauf liegende Fassung, drei Tage vor Rudolfs Tod datiert und signiert, war mir gewidmet:

für M.

Sag den Sperbern,
sie sollen die Uhr mir
stellen nach meinem Tod,
und der Falke, mein Freund,
soll das Zifferblatt spalten,
bevor der Blitz es trifft.
Ein Satz verbirgt sich
in jeder Freundschaft,
der kommt nie
zur Sprache,
nie.
So stand es auch
zwischen uns.

Ich spürte, die klammen Finger noch auf dem Papier, wie eine welke Traurigkeit sich meiner bemächtigte, die sich mir wie ein Film über die Haut legte, den Hals steif werden ließ und den Atem flach. Eine schleichende Krankheit, die in diesem Zimmer auf mich gewartet hatte. Die wenigen Worte, die Rudolf in den letzten Monaten wieder und wieder neu arrangiert hatte, waren sein letztes Werk, sein Vermächtnis, mir zugedacht. Warum ausgerechnet mir, mit dem er doch in letzter Zeit nur am Telefon gesprochen hatte, und auch dann immer knurrig und ohne Bereitschaft, auf meine Fragen einzugehen?

Lange Monologe, in denen er sein Leben und Schreiben zu rechtfertigen versuchte. Es kann nicht gutgehen, sagte er dann plötzlich, sich selbst unterbrechend, wenn man sich zu intensiv mit sich selber beschäftigt. Der entdeckte Mensch ist ein verlorener Mensch. Lassen wir ihm sein Dumpfes, Dunkles, Ungehobenes und zerstören wir es nicht durch Literatur.

Ich war es gewesen, der ihn immer sprechen wollte, nur mir war es zu verdanken, daß der Kontakt nicht abriß und sich verlief, wie so viele seiner Freundschaften sich verlaufen hatten, weil man es satt hatte, sich das knisternde Turiner Schweigen anzuhören, das nach seinen Monologen einsetzte. Vielleicht hatte sich in diesem dicken Mann mit den borstigen Haaren immer noch das seltsam scheue, linkische Kind versteckt gehalten, das mir in Berlin über den Weg gelaufen war, als ich, gerade mit der Druckerlehre fertig und auf Arbeitssuche, einen Mieter für mein zweites Zimmer suchte, weil ich alleine nicht mehr in der Lage war, die Wohnung zu halten. Ich war, wie ich jetzt weiß, alleine auch nicht mehr in der Lage gewesen, mit der Welt zurechtzukommen. Ich fand es töricht und unaufrichtig, an die Revolution zu glauben, die mich gerne von meinen Selbstermahnungen befreit hätte, aber ich war auch ziemlich wehrlos mir selbst ausgeliefert. Die Welt wollte mir nicht zusehen, ich wollte der Welt nicht zusehen, also mußte ich mir einen Begleiter suchen.

Ein Student mit fürchterlichem schwäbischen Dialekt hatte sich gemeldet, dem die Worte einzeln und mit großen Pausen aus dem Mund kamen, ein Philologe, der an der Freien Universität bei Professor Emrich eine Arbeit über Kafka schrieb, über das Tagebuch, das er mir, wenn ich abends von meinen Aushilfsjobs nach Hause kam, mit leiser Stimme vorlas, während ich uns ein Essen zubereitete. »Schriftsteller reden Gestank«, diesen Satz Kafkas werde ich nicht mehr vergessen. Rudolf hatte nie gekocht. Er war nicht einmal fähig oder willens gewesen, die wenigen Einkäufe zu tätigen, die wir für unser mageres Abendessen benötigten, selbst Wasser und Wein mußte ich allein die fünf Stockwerke hochschleppen. Er war, bis zur Unerträglichkeit, der ernste Mensch, der sich, wie er behauptete, auf ein großes Leben vorbereitete. Und während ich dann abwaschen durfte, saß er immer noch rauchend und vorlesend am Küchentisch, in sich versunken, mit krummem Rücken, nur manchmal aufseufzend, als sei der Geist Kafkas in ihn gefahren. Auch mit der Miete war dieser revolutionäre Schwarzmaler stets im Rückstand, obwohl er ein hohes Stipendium bezog. Wenn ich ihm deswegen Vorhaltungen machte, kam ein spitzbübisches Lachen in sein maskenhaftes Gesicht, als sei ich ein reicher Spießer, der nur sein Geld im Kopf hat. Einmal im Monat lud er seine Freunde zu uns ein, und zwar immer dann, wenn er sicher sein konnte, daß ich genügend Geld hatte, um für das Essen aufzukommen. Dann war er ein wunderbarer Gastgeber, besorgt um das Wohl seiner Freunde, denen gegenüber er mich als den angenehmen Vermieter und perfekten Koch anpries. Um dieser unfreiwilligen Rolle gerecht zu werden, durfte ich dann nachts in der Kneipe neuen Wein holen, um die nicht enden wollende Diskussion über die notwendige revolutionäre Veränderung der Germanistik nicht zu unterbrechen. Andererseits verließ ich gerne die Runde, weil mir diese Streitgespräche unheimlich vorkamen. Wenn Rudolf ausholte, um eine materialistische Interpretation von Goethes Gedichten zu liefern, lief es mir kalt den Rücken runter. Aus dem feinsinnigen Kafka-Leser wurde ein dogmatischer Dickkopf, dem es zu gefallen schien, wenn alle ihm verblüfft zuhören mußten. Von einem entspannten Denken, wie er es mir stets empfahl, konnte dann keine Rede mehr sein.

Eine der vielen von Rudolf begeisterten Kommilitoninnen, die damals als ständig wiederkehrende Gäste unsere Küche wie einen Seminarraum besetzt hielten, blieb dann über Nacht. Am nächsten Morgen, wenn ich aufstand und der verausgabte Philosoph noch schlief, saß dann Eva, Christa oder Dagmar wieder am Küchentisch, die Ellenbogen aufgestellt, die Stirn in den Händen verborgen, bis der Kaffee fertig war. Auch sie waren nicht in der Lage, neben dem Studium eine Tätigkeit auszuüben, um sich am Leben zu erhalten. Besonders Eva, Einzelkind reicher Eltern und deshalb in Erwartung eines hohen Erbes, schätzte meine Aufmerksamkeit, die sie jeglicher Eigeninitiative enthob. Sie blieb mir, als Rudolf nach der Fertigstellung seiner Dissertation die Stadt verließ, sie blieb mit ihrem Unvermögen, Hand anzulegen, einfach am Küchentisch sitzen, mit den Notizen zu einer Arbeit über Veronese vor sich, bis ich am Abend dafür sorgte, daß sie nicht vor Hunger zusammenbrach. Als ich dann selbst Berlin verließ, um in London mein Unglück vorzubereiten, übernahmen ihre Eltern – er ein hohes

Tier bei Siemens, sie Unternehmensberaterin – der Einfachheit halber die Wohnung, damit die Tochter wegen eines Umzugs nicht die Konzentration verlor. Eva ist jetzt Professorin in Braunschweig, ohne nähere Bindung verheiratet, und verbringt ihre langen Ferien auf ihrer eigenen Finca auf Ibiza, um sich auf das strapaziöse Semester vorzubereiten. Auch sie rief gelegentlich, nachdem sie mich angerufen und nach dem Befinden von Rudolf ausgefragt hatte, Rudolf in Italien an, der mich dann sofort danach anrief, um sich über die Belästigung durch die ganz und gar geistlose Eva aufzuregen. Keine Ahnung, was aus Christa und Dagmar geworden ist.

Das letzte weibliche Mitglied unserer passiven Küchenbesatzung war dann Elsa gewesen, Tochter eines der ersten und dafür vom Bundespräsidenten ausgezeichneten Gastarbeiter aus Lecce, der bei Opel in Rüsselsheim angefangen hatte und später in Salzgitter eine Pizzeria betrieb, die sich bald zu einer über den ganzen Harz verbreiteten Kette ausgeweitet hatte. Der Vater starb unter angeblich ungeklärten Umständen, in Wahrheit, wie jeder wußte, hatte ihn die Mafia wegen verweigerter Schutzgeldzahlungen beseitigt, die Mutter starb bald darauf an Kummer, die Pizzakette wurde verkauft, das Geld fiel den beiden Töchtern in den Schoß, von denen die eine es in einen Feinkostladen in München investierte, die andere, Elsa, in einen angehenden Professor, der sich dafür all die Erstausgaben kaufte, die mich jetzt mit ihren gebräunten Rücken umstellten. Wußte sie, auf wen sie sich eingelassen hatte? Von Rudolf selber war nie ein Sterbenswörtchen über Elsa zu hören. Sie existiert, sagte er manchmal. Und wenn man sie, was selten genug vorkam, einmal direkt am Apparat hatte, war auch nicht viel mehr aus ihr herauszukriegen. Sie hatte zwei vielübersetzte Studien über eine spanische Häretikersekte geschrieben, die ihr einen Lehrauftrag an der Universität einbrachten, aber in den letzten Jahren, seit Rudolf mit seinen Romanen Geld scheffelte, war es still um sie geworden. Wahrscheinlich war sie hauptberuflich damit beschäftigt, die Terrasse sauberzuhalten.

Das war nun alles? Ein Häufchen mit zweiundvierzig Fassungen eines kleinen Gedichts? Ich fühlte mich wie angeschraubt an dem Stuhl, der Rudolf mehr als zwanzig Jahre lang Platz geboten hatte, ein knarrendes Möbel, das nach allen Seiten hin schwankt, wenn man sich bewegt, als wolle es nicht länger zu Diensten sein. Jetzt dämmerte mir, daß Rudolf nicht Elsa, nicht seinen Roman oder seine Studenten verlassen hatte, sondern mich. Ich war der Verlassene, so jedenfalls wollte ich meine Traurigkeit verstanden wissen. Von den anderen hatte er im Laufe seines Lebens Abschied genommen, Schritt für Schritt, unmerklich tastend, aber doch spürbar, ein millimeterhaftes Zurückweichen bis zu der endgültigen Mauer, dann das unwiderrufliche Verschwinden. Sein Eindringen in die Isolation hatte etwas Gespenstisches. Würdevoll und duldsam bewegte er sich in einem geschlossenen Raum, aus dem er nicht mehr herausfand. Je monströser sein Roman wurde, desto sicherer muß Rudolf gespürt haben, daß er ihn nicht bezwingen würde; Elsa *wußte*, wie nah er schon am Rand stand, immer zum Absprung bereit; und die Studenten hatten sich daran gewöhnt, ihn nicht mehr zu fassen zu kriegen. Aber mich hatte er mit einer Plötzlichkeit stehenlassen, die ihm selbst Kummer bereitet haben mußte, sonst hätte er sich nicht wochenlang immer wieder an das Gedicht gesetzt wie jener polnische Schriftsteller, der so lange eine

Eisenkugel geschliffen hatte, bis sie endlich in sein Gewehr paßte, mit dem er sich dann erschoß. Rudolf hatte ganz offensichtlich seinen Tod hinausgezögert, bis ihm das Gedicht gefiel, er hat es aus dem Tod herausgeschrieben und daran herumgefeilt und verbessert. Warum hat er nicht noch vierzig Fassungen geschrieben, vierhundert, viertausend, um mir Zeit zu geben?

Die beginnende Wut, die nun langsam meine Traurigkeit zu besiegen begann, wurde durch ein schepperndes Geräusch unterbrochen. Es war genau acht Uhr, also stand Marta vor der Tür. Aber noch ehe ich mich erhoben hatte und Wut und Trauer dem Stuhl überlassen konnte, hörte ich schon Schritte im Flur, und ich war noch dabei, den Slalom um die Bücherstapel zu vollenden, als Marta auch schon im Zimmer stand. Wie ein Tier, dachte ich, das jedes Schlupfloch dieser Wohnung kennt, das ausweichen kann bei Gefahr, aber sofort zur Stelle ist, wenn es ungefährdet etwas zu holen gibt. Marta rauchte. Sie mußte sich, obwohl es streng verboten war, in ihrem Büro die Zigarette angezündet haben für den Weg nach oben, immer dem Rauch nach, denn kaum war sie im Zimmer, suchte sie bereits nach einem Aschenbecher, und weil sie keinen fand, drückte sie ihre Kippe in einem Reagenzglas auf dem Schreibtisch aus, das dort mit einem anderen leeren Reagenzglas in einer Holzhalterung stand. Sie hielt den Daumen über die Öffnung, bis sich das Glas milchig verfärbte und die Kippe erstickte, dann stellte sie das in ihren Augen offenbar nutzlose Gerät wieder zurück. Ich war sprachlos, mir fehlten buchstäblich die Worte angesichts der Sicherheit, mit der sie mit fremdem Eigentum umging, mit dem Eigentum ihres Chefs. Sie war auch keineswegs erstaunt darüber, daß ich erstaunt war, und um die Inszenierung ihres Auftritts perfekt abzuschließen, in Erwartung meines Beifalls, wie ich annehme, setzte sie sich nun auf Rudolfs Stuhl, auf dem ich gerade noch gesessen hatte, und fragte mich, ob ich Fragen hätte.

Ich hatte mich nicht zurechtgefunden. Ich war, in ungenauer Kenntnis des Grundrisses der weitverzweigten Wohnung, die ich zwar schon mehrere Male betreten, aber nie bewohnt hatte, im Dunkeln herumgetappt, an all den furchteinflößenden Möbelstücken vorbei, die sich in diesem Verlies angesammelt hatten, und war nach langer tastender Suche endlich auf die Küche gestoßen, hinter der sich, und ausschließlich über die Küche zu betreten, Rudolfs Arbeitszimmer befand. Ein muffiger Geruch hatte mich in jedem der Zimmer empfangen, die ich öffnete, ein stumpfer, abgestandener Geruch, der sich in Rudolfs Höhle noch verstärkte, was einerseits an dem Umstand lag, daß es kein Fenster gab, andererseits an den Büchern, die vor langer Weile Staub zu schwitzen schienen. Ausgerechnet Rudolf, der mit zunehmendem Alter von nichts lieber sprach als von langen Spaziergängen, die er noch machen wollte, gar von einer Wanderung, zu der er mich eingeladen, die aber nie stattgefunden hatte, und der mit akribischem Spürsinn auf alten Landkarten die Wege ausgespäht hatte, die Pavese in den Hügeln um Turin gegangen war, um seine erstickende Wehmut abzulaufen, ausgerechnet Rudolf, der späte Naturpfleger, hatte sich mit seinem ganzen Wissen in einem lichtlosen Verschlag eingeschlossen, obwohl es genug helle, lichtdurchflutete Zimmer in der Wohnung gab. Er brauchte die absolute Stille. Am Ende zählt nur die eine Sekunde am Tag, in der du nichts hörst, nicht das Mahlen des Großen Geräuschs und nicht die kleinen, tödlichen Geräusche, nichts, dieser Moment wird dich für alles entschädigen, was du erdulden mußtest, so konnte er reden und so hat er geredet, als wollte er sich für die eine Sekunde der Stille vorbereiten.

Ich war zunächst, nachdem ich endlich den Lichtschalter gefunden hatte, unter der Tür stehengeblieben, weil ich nicht sicher war, ob ich ohne nähere Einladung das Zimmer so mir nichts, dir nichts betreten dürfe, und hatte mich dann, als der schwere trockene Geruch etwas selbstverständlicher geworden war, langsam an den Regalen vorbei in Richtung Schreibtisch bewegt, immer gewärtig, doch noch von einer menschlichen Stimme zurückgehalten zu werden, und immer erschrocken, wenn die schweren Holzbohlen ihr gepreßtes Knarren hören ließen. Mit kurzen Schritten, wie auf Zehenspitzen, um die Ordnung dieser Klause nicht zu stören, war ich dann endlich beim Schreibtisch angelangt, ein Forschungsreisender, der nach langem Marsch in der Menschenferne eine Oase betritt. Gottseidank gab es den Stuhl, den ich gewissermaßen persönlich kannte, weil Rudolf ihn in meinem Beisein in einem römischen Trödelladen entdeckt und erworben hatte. Ich hatte mich gesetzt, mich vorsichtig niedergelassen, und war auf dem Stuhl bis zum Eintritt von Marta sitzengeblieben.

Marta erhob sich jetzt, um mir, wie sie sich ausdrückte, als Ariadne eine kurze Führung durch das Labyrinth zu geben, wobei sie, unter der Tür, so dicht an mir vorbeistrich, daß wir uns berühren mußten. Ich war noch dabei, darüber nachzudenken, ob diese kurze, aber spürbare Berührung absichtlich gewollt worden war oder nicht, als ich ihre Stimme schon aus größerer Ferne vernahm und ihr nacheilte, um den Kontakt nicht zu verlieren. Hier haben wir Elsas Arbeitszimmer, sagte sie und tippte gegen eine geschlossene Tür, das ist das Eßzimmer, das fast nie benutzt wurde, weil sich Rudolf lieber in der Küche aufhielt, das war das Schlafzimmer, hier der kleine Salon, das Gästezimmer, Elsas Schlafzimmer, ein größerer Salon, ein Bügelzimmer. Schließlich standen wir vor der Eisentür, die zur Terrasse hinaufführte. Marta hatte die unangenehme Eigenschaft, jeden Lichtschalter, an dem wir vorüberkamen, anzuschalten und sofort wieder auszuschalten, so daß ich die ganze Wohnung wie unter Blitzlicht wahrgenommen und am Ende, wieder in der Küche, vergessen hatte, welches Zimmer wo lag. Sie hatte mich geführt und verwirrt, und ich spürte, wie mir langsam die Galle hochstieg über dieses laute und selbstsichere Geschöpf, das ohne jede Zurückhaltung das Kommando nicht nur über das Institut, sondern auch über die Privatwohnung seines Direktors übernommen hatte. Wenn man sie schalten und walten sah, konnte man nicht vermuten, daß sie noch vor wenigen Stunden auf dem Friedhof von Rudolf Abschied genommen hatte.

Sie schlafen übrigens in Rudolfs Bett, ließ sie sich nun vernehmen, und war schon wieder unterwegs, um mir das Zimmer, das sie bereits hatte herrichten lassen, zu zeigen. Den Grund, warum ich nicht, wie es sich gehört hätte, im Gästezimmer übernachten sollte, warf sie mir leichthin über die Schulter zu: Im Gästezimmer habe ich den Nachlaß ausgebreitet, sagte sie, damit Sie in Ruhe arbeiten können. Sie wollte, wie sie mir sagte, die Papiere nicht auf Rudolfs Bett ausbreiten, das sei ihr unmenschlich vorgekommen. Es hatte sie schon Mühe gekostet, all die Manuskripte aus Rudolfs Bett zu schaffen, wo er, wie sie glaubhaft versicherte, in der letzten Zeit am liebsten gearbeitet hätte. Manchmal hätte sie eine Ewigkeit damit verbracht, irgendwelche von ihm durchgesehenen amtlichen Schriftstücke in seinem Bett zu suchen, während er seelenruhig, mit einem Holzbrett als Stütze, weitergeschrieben hätte.

Ich war die einzige, die sein Schlafzimmer in seiner Gegenwart betreten durfte, sagte sie, andere hat er sofort des Raumes verwiesen.

Ich mußte plötzlich an eine Reise denken, die ich mit Rudolf und Elsa Ende der siebziger Jahre nach Tunis unternommen hatte, um den Weihnachtsfeiertagen zu entgehen. Kaum waren wir, nach einem entsetzlichen Flug, gelandet, wurde uns mitgeteilt, daß es wegen der Erhöhung der Brotpreise zu heftigen Demonstrationen gekommen sei und wir in ein Hotel gebracht würden, das wir vorläufig nicht verlassen dürften. Kein Hotel am Strand, sondern mitten in der Stadt, ohne Klimaanlage und ohne Restaurant. Unser Zimmer mußten wir mit einem amerikanischen Ehepaar teilen, beides Geologen mit einer umfänglichen Ausrüstung, die den größten Teil des engen Zimmers ausfüllte. Rudolf war außerordentlich liebenswürdig bei der Begrüßung, aber seine zurückhaltende Freundlichkeit schlug sofort um, als es um die Frage ging, wer im Bett und wer auf der Erde, auf einem Matratzenlager, schlafen sollte. Der Kompromiß, der nach endlosen und nicht sehr erquicklichen Diskussionen, bei denen die körperliche Beschaffenheit der zwangsweise Zusammengesperrten eine entscheidende Rolle spielte, gefunden wurde, sah vor, daß am ersten Tag Rudolf und die amerikanische Geologin das in jeder Hinsicht durchgelegene Bett teilen sollten, während Elsa und der Amerikaner ihre Matratzen an den jeweiligen Seiten niederlegen durften und mir der Platz hinter dem Fußende zugewiesen wurde. Am zweiten Tag sollte gewechselt werden. Von der Straße her waren Schüsse und Rufe zu hören, die ganze Nacht über heulten die Polizeisirenen. Nach drei Tagen kehrte wieder Ruhe ein, wir flogen sofort zurück, die Amerikaner machten sich auf den Weg nach Süden. Rudolf hat diese Episode später in seinem zweiten Roman verarbeitet, die erotische Wendung allerdings, die seine Leser zum Lachen brachte, erfunden. Da ich in den drei Nächten kein Auge geschlossen hatte, teils aus Angst, teils weil Rudolf entsetzlich zu schnarchen begann, weiß ich, daß es zu keinem intensiveren Austausch von Zärtlichkeiten hatte kommen können. Die ganzen drei Tage lang hatte Rudolf in dem Bett gelegen und gearbeitet, er hatte das Bett besetzt gehalten. Erst als er nach dem Abendessen das Geschirr auf der Seite der Amerikanerin abstellte, kam es zum handfesten Krach. Mit vor Wut entstelltem Gesicht warfen die beiden Geologen die Zettel und Notizbücher und Schreibwerkzeuge auf Rudolfs Seite zurück und belegten die Ritze, um die Grenze zu markieren, mit länglichen geologischen Instrumententaschen, vor denen selbst Rudolf Respekt hatte.

Ich mußte lachen. Marta, immer einen Schritt voraus, sah mich fragend an und sagte: Doch, glauben Sie mir, ich war tatsächlich die einzige, die sein Schlafzimmer in seiner Gegenwart betreten durfte.

6

Wir gingen in eine kleine Trattoria in unmittelbarer Nähe des Instituts. Mich hatte der Besuch der Terrasse und das Wiedersehen mit dem inzwischen fast kahlen, mehr oder weniger blinden und sich wegen fortgeschrittener Arthrose nur mühsam fortbewegenden Cesare zu sehr mitgenommen, als daß ich der Einladung Martas, uns das Essen, »etwas Chinesisches«, bringen zu lassen, Folge leisten wollte. Ich wollte unter allen Umständen das Haus verlassen. Cesare war unter dem schrillen Geschrei der Vögel mit einem schlappen Schwanzwedeln, einem müden Wischen auf mich zugekrochen und hatte so getan, als ob er mich erkannt hätte, war aber unmittelbar nach der Berührung meiner Hand auf seiner schorfigen nackten Haut zusammengesackt, ohne mich noch eines Blickes zu würdigen.

Passen Sie auf, er stinkt gewaltig, sagte die pragmatische oder nur pragmatisch sich aufspielende Marta, die mich mit dem erbärmlich röchelnden Hund allein ließ, um den anderen Tieren, die teils zu sehen, teils nur zu hören waren, Futter und frisches Wasser zu geben. Ich hörte sie hinter der dichten Wand von Pflanzen hantieren, konnte ihr jedoch nicht helfen, weil Cesare sich mit dem ganzen Gewicht seiner Trauer auf meine Füße gewälzt hatte. Hatte ich Mitleid mit ihm? Es ist so leicht, Mitleid mit Tieren zu haben, weil man sie nicht auf Anhieb versteht. Aber er hatte mich doch erkannt oder er hielt mich für Rudolf, beides war mir recht und machte mich für einen Moment glücklich. Er kräuselte seine verwarzte Stirn und blickte mich stumm aus seinen alten senffarbenen Augen an, ein sterbender König. Mir blieben die Worte im Halse stecken, nicht einmal die kindischen Mitleidslaute kamen mir über die Lippen. Dafür sprachen die geschwätzigen Pflanzen. Mit jedem Windstoß tuschelten die breiten Wedel der Palmen und das Schilfrohr, das, wegen einer raffiniert ausgedachten Bewässerungsanlage, auf der Terrasse besonders gut gedieh. Ein seltsames Paradies, das Rudolf ersonnen und verlassen hatte.

Arme Tiere, hörte ich Marta murmeln, von eurem deutschen Schriftsteller allein gelassen! Aber ab jetzt wird alles besser, ihr müßt euch nur noch ein ganz klein wenig gedulden. Merkwürdige Marta. Kaum war sie in meiner Nähe, ließ sie mich spüren, daß ich von der großen Tragödie nichts verstanden hatte. Und was nützten mir alle Vollmachten, wenn ich den Kern des Dramas nie begreifen würde?

Ich war in einem Zustand wachsender Besorgnis, was mit den Tieren geschehen würde, als plötzlich Marta in meinem Rücken stand und mir auf die Schulter tippte. Sie forderte mich in ihrer unbekümmerten Art auf, mit ihr die Terrasse zu verlassen, damit die Tiere sich von uns erholen könnten.

Hat sich Elsa nicht um die Terrasse gekümmert? fragte ich, als wir, gebückt, unter der schweren Eisentür standen, die das Paradies von der bürgerlichen Wohnung trennte.

Ach, Elsa, mehr wollte Marta in dieser Situation zu diesem Fall nicht sagen.

Ich aß und trank mehr, als ich eigentlich wollte, weil ich einerseits großen Hunger hatte und andererseits nicht viel sagen konnte. Jede meiner kurzen Fragen wurde mit einem langen, selbstbewußten Schwall von Worten beantwortet, und wenn ich nachfragen mußte, weil ich etwas nicht verstanden hatte, wurde die Antwort noch ausführlicher. Mit verbissener Liebenswürdigkeit wurde ich in die Turiner Geheimnisse eingeweiht.

Ich hatte mich bereits einmal durch die Karte gegessen und die zweite Flasche Wein fast ausgetrunken, ohne daß ein Ende unserer einseitigen Unterhaltung abzusehen war. Allerdings sog ich, oft gegen meinen Willen, jede unhöfliche Anekdote und jeden unverschämten Klatsch mit einer Gier auf, die mich selber erschreckte. Manchmal hatte ich den Eindruck, ich wäre den Menschen, von denen Marta erzählte, nie begegnet, dann wieder lugte hinter ihren Wortvorhängen das verzweifelte Gesicht Rudolfs hervor, der mir mit stummen Gesten bedeutete, nicht alles zu glauben, was über ihn in Umlauf war.

Die Hauptfrage war natürlich, ob und wie weit ich Marta trauen durfte. Wenn man für bare Münze nahm, was sie mir – vollkommen ungeschützt und ohne jede emotionale Zurückhaltung und dabei mit einer ihrer klaren Stimme gemäßen Lautstärke, die gut und gerne das gesamte, voll besetzte Lokal erreichte – erzählte, dann hatte Rudolf das Projekt seines Romans längst aufgegeben. Er hatte zwar, so Marta, noch immer täglich an dem Buch geschrieben und dabei jene Berge von Zetteln produziert, die sie mehrere Male am Tag aus allen Räumen, in denen Rudolf arbeitete, aber vor allem morgens aus seinem Schlafzimmer, aus seinem Bett, aufsammeln mußte, doch war ihr – und natürlich, wie sie sagte: auch ihm – schon seit längerem klar, daß sich dieser Zettelkasten nie und nimmer zu einem geschlossenen Buch fügen würde. Andererseits – und dann kam, wie so häufig in diesem Gespräch, eine dieser unangenehmen, unangebrachten

Wendungen – kannten Sie ihn ja gut genug, um zu wissen, daß er das Buch eben nicht, wie viele seiner Kollegen, besonders in Deutschland, als interessanten Zettelkasten, als Erfindung eines neuen Genres, veröffentlicht hätte. Er schrieb für die Katz.

Ich ließ diese besserwisserische Aussage – wie so viele andere – unbeantwortet und trank einen großen Schluck Piemonteser Wein, um sie meinen Protest nicht einmal mimisch spüren zu lassen. Nicht nur hatte sie mir eben noch erklärt, daß sie des Deutschen viel weniger mächtig sei als ich des Italienischen, sondern ich wußte ja auch, daß gerade die deutschen Bücher, die in die von ihr verachtete, von Rudolf dagegen geschätzte Kategorie fielen, nie ins Italienische übersetzt worden waren. Sie redete, mit einem deutlichen Willen zur Aufdringlichkeit, von etwas, das sie nicht kannte, nicht kennen konnte. Tatsächlich war sie offenbar noch unsolider als zunächst angenommen, und ich begann in aller Unschuld darüber nachzudenken, wie Rudolf, den allgemeines literarisches Geschwätz auf die Palme bringen konnte, diesen pauschalen Blödsinn ertragen hatte. In ihren Augen lag etwas Herausforderndes, das allerdings stets von einem großen Unglück verdrängt wurde. Aber von welchem? Sie tat mir leid, obwohl ich mich über dieses Gefühl ärgerte. Wollte Marta sich nur wichtig machen, oder wollte sie mir, dem Nachlaßverwalter, einen deutlichen Wink geben, in welcher Perspektive ich den zu erwartenden Manuskripthaufen zu lesen und zu bewerten hätte? Hatte Rudolf irgendwann einmal die Andeutung gemacht, daß er mit dem Material nicht mehr zurechtkomme, oder hatte er auch nur ein einziges Mal scherzhaft gesagt, er müsse, um sein »Monstrum« zu veröffentlichen, ein neues Genre erfinden, denn um die Leute zu verblüffen, sei es immer noch interessant genug? Interessant, mehr oder weniger interessant, in Teilen interessant, aber als Ganzes mißglückt, so redete er, wenn er von Büchern sprach, die ihn in keiner Hinsicht interessierten. Interessant hieß furchtbar, peinigend, langweilig, und wenn jemand sich interessant machen wollte, war er, so Rudolf, für die Literatur verloren. Kunst müsse auf alles Interessante verzichten, behauptete er, auf jeden Effekt, der nicht in den Worten stecke. Waren Becketts Romane interessant? War Ad Reinhardt interessant, einer seiner Lieblingsmaler? Miserable Künstler, die nichts auf die Waage bringen, suchten natürlich die Nähe von interessanten Menschen. Schriftsteller, die sich öffentlich mit Politikern treffen und darüber schreiben, wollen sich interessant machen. Hat sich René Char zum Problem des Schwangerschaftsabbruchs geäußert, rief er dann laut lachend ins Telefon, hat Günter Eich in die Steuergesetzgebung von Adenauer eingegriffen? Nein, er ist nach Österreich gezogen, um der Steuer zu entgehen!

Immer, wenn Rudolf aus Deutschland eine Aufforderung erhielt, für oder gegen jemand oder eine Sache seine Stimme zu erheben, holte er telefonisch meinen Rat ein, obgleich zu neunzig Prozent von vornherein feststand, daß er auf fast jede Art von Solidarisierung verzichten würde. Warum wird nicht *für* etwas demonstriert? knurrte er mich an, der doch nur der Überbringer der Anfrage war. Ich ertappte mich oft bei dem Gedanken, stellvertretend für ihn etwas schreiben zu müssen, um ihn wenigstens symbolisch an bestimmten politischen Ereignissen teilnehmen zu lassen. Seine politische Abstinenz der späteren Jahre stand jedenfalls in einem krassen Gegensatz zu den Ansichten seiner ultramarxistischen Jugend. Rudolf war, trotz seiner engen

Mitarbeit bei Professor Emrich, der Star der linken Germanistik an der Freien Universität gewesen, einer gefürchteten Gruppe belesener Eiferer, die gegen ihre eigene Überzeugung die törichten Meinungen vertrat, an die sie später keiner mehr erinnern durfte. Darüber wurde nie mehr gesprochen. Politik war die Angelegenheit von Dummköpfen. Andererseits war durch die üblichen Indiskretionen bekannt geworden, daß große Summen des Geldes, das er mit dem geschickten Verkauf der Filmrechte an seinen Büchern verdient hatte, politischen Organisationen zugeflossen waren, und da ich oft genug der Bote dieser geheimen Transaktionen war, mußte ich ihm stets hoch und heilig versprechen, kein Sterbenswörtchen darüber zu verraten. Er wollte um alles in der Welt den Eindruck vermeiden, sich interessant machen zu wollen.

Marta dagegen verstand es, sich interessant zu machen. Durch den völligen »Ausfall«, wie sie sich ausdrückte, und es schien, als müsse sie diese banale Aussage durch Wiederholung unterstreichen, durch den völligen Ausfall von Elsa, die das Buch schon längst abgeschrieben hatte und angeblich sogar alles daransetzte, Rudolf von jeder weiteren Beschäftigung damit abzuhalten, sei sie, Marta, die einzige gewesen, mit der Rudolf überhaupt noch über das Projekt sprach – von mir abgesehen, der ja wohl auch gelegentlich wenigstens telefonisch mit Rudolf noch das eine oder andere Wort in dieser Sache gewechselt hätte. Eigentlich, wollte sie sagen, waren also Marta und ich die Mitautoren des »Testaments«, und da sie davon auszugehen schien, daß ich meine eigene Rolle einzuschätzen wußte, wollte sie ihre ins rechte Licht rücken. Sie wollte mit mir einen Vertrag machen.

Ich war sprachlos und wurde immer sprachloser, mein

Nicken wurde mechanisch, mechanisch mein stummes Rauchen und Trinken. Ich fühlte mich leer, von einer kalten Leere durchdrungen. Martas Worte fielen polternd in diese Leere wie ein Haufen Kohlen in einen dunklen Keller. Mit einer letzten Anstrengung bat ich sie, ihren Bericht zu unterbrechen, zahlte, erhob mich müde und schwankend wie ein Betrunkener und verließ, bevor sie alles an sich gerissen hatte, unter ihren aufmerksamen Blicken mit ihr zusammen das Lokal.

7

Ich wollte nicht aufwachen. Ohne recht zu wissen, wo ich mich befand und unter welchen Umständen ich Schlaf gefunden hatte, wühlte ich meinen schmerzenden Schädel in die Mulde des ausgeleierten Kopfkissens, legte, auf dem Bauch liegend, meine Arme um das geschundene Kissen und hielt die Augen geschlossen, obwohl die Geräusche und Gerüche um mich herum mir geradezu befahlen, endlich mit der Komödie der Abwesenheit aufzuhören. Ich lag in Rudolfs Bett, das ließ sich nicht länger leugnen. Durchschlafen. Ich wollte unbedingt durchschlafen. Aber wann war »durch«? Noch eine Minute! Die Traumfetzen, denen ich nachsann, waren so viel beruhigender und tröstlicher als die Wirklichkeit, deren Truppen die Ränder des Bewußtseins erreicht hatten und sich unaufhörlich dem Zentrum näherten, daß ich allen Willen aufzubringen gedachte, mich ihr zu verschließen – was natürlich dazu führte, daß ich mich ergab und folgsam die Augen öffnete. Der Muskel, der das Augenlid bewegt, ist – selbst bei Marathonläufern – der im Verhältnis zu seiner Größe am meisten beanspruchte Muskel des Körpers. Mit dieser nichtsnutzigen Selbstbelehrung schaute ich dem Unglück ins Gesicht.

Marta war dabei, die Jalousien hochzuziehen und die Fenster zu öffnen. Sie hatte auf dem Nachttisch ein Tablett mit Kaffeekanne und Croissants abgestellt. Zwei Croissants und zwei Tassen, keine Untertassen; daneben ein paar lose Zuckerwürfel. Hoffentlich tut sie den Zukker vor dem Kaffee in die Tasse, dachte ich, wie ich es für gewöhnlich tue. Ich selbst konnte aus naheliegenden Gründen nicht in das Geschehen eingreifen, die Scham hielt mich mit tausend Fesseln zurück.

Sie schlafen noch fester als Ihr Freund Rudolfo, sagte sie, als ich mich endlich hochgerappelt hatte und mir das Laken, das hier als Bettdecke herhalten mußte, bis zum Hals hochzog. Martas Stimme. Diese eigentümliche Mischung aus Feststellungstonfall und Befehlsorgan, die mir den ganzen Abend über mißfallen hatte. Es wird Zeit, daß Sie aufstehen, das sagte sie nicht, aber sie sah so aus, als würde sie es denken.

Ich war, als Rudolfs Name fiel, mit einem Schlag hellwach. Hatte Rudolf nicht ständig über Schlaflosigkeit gejammert, die er andererseits dafür lobte, daß er überhaupt, neben der angeblich zeitfressenden und erniedrigenden Arbeit für die Universität, seine literarische Arbeit fortführen konnte? Du mußt dir systematisch den Schlaf abtrainieren, hatte er mir mehr als einmal geraten, wenn ich darüber klagte, neben meinem Brotberuf zu nichts anderem mehr zu kommen. Zu viel Schlaf sei ungesund und antikapitalistisch, drei Stunden müßten genügen. Ich hatte mich selbst literarisch versucht und einige Essays geschrieben, die mir auch ein gewisses Ansehen im Milieu einbrachten, aber alle Bemühungen, einen Roman zu vollenden, liefen darauf hinaus, daß am Ende eine kompromißlerische Novelle entstand oder ein Fragment, nie mehr als fünfzig Seiten. Die Romane scheiterten an meiner Müdigkeit und an meinem Schamgefühl. Meine tiefe Scham darüber, überhaupt etwas mitzuteilen, zu veröffentlichen; so wie ich nie verstanden habe, daß ich Gott etwas mitteilen soll, was er garantiert schon weiß. Lieber nichts sagen. Oder nur heimlich. Lieber stumm danken. Die Müdigkeit dagegen war dafür verantwortlich, daß ich das Interesse an den Personen meiner Geschichten verlor, die dann nach zwanzig Seiten plötzlich allein gelassen wirkten, sich allein gelassen fühlten und einfach auflösten. Sie verflogen. Sie gingen ins Land, betrieben ihre Wissenschaft des Scheiterns und kehrten nicht zurück. Ihr Unglück war mir unangenehm. Deshalb war ich in der Regel froh, daß sie sich nicht in meiner Nähe aufhielten. Sie entzogen mir ihr Vertrauen. Ich war abends zu schlapp, sie noch einmal ins Zentrum zu bitten, also ließ ich sie laufen. Rudolf dagegen hatte immer behauptet, erst nach Mitternacht mit dem Schreiben zu beginnen und erst nach Sonnenaufgang, dann schon auf der Terrasse bei seinen Tieren, den Schlußpunkt zu setzen. Sieben bis acht Stunden am Stück darfst du dein Personal nicht aus den Augen lassen, sonst treibt es Unfug und läßt dich im Stich, so Rudolf, der immer mit Hochachtung von der kurzen täglichen Zeitspanne sprach, die Thomas Mann, von dem er sonst nicht viel hielt, seiner Arbeit widmete. Und jetzt soll Rudolf, wenn es nach Marta ging, tief und lange geschlafen haben. Mir fiel plötzlich eine Geschichte wieder ein, die ich auch nicht zu Ende schreiben konnte, weil der Held, wenn ich so sagen darf, den Weg nach Hause nicht mehr gefunden hatte. Es war die wahre Geschichte eines Onkels, der, um seiner Schlaflosigkeit zu entgehen, das Marathonlaufen erlernt hatte und von einem Lauf um die ägyptischen Pyramiden nicht zurückgekehrt war. Es gibt Fotos, die ihn noch in der Masse zeigen, dann ist er verschwunden, für immer weg. Da er alleine lebte, mußte unsere Familie die Trauer ganz alleine tragen.

Sie setzte sich auf die Bettkante, warf ein Stück Würfelzucker (»Wie gestern nacht? Rudolfo nahm morgens immer zwei!«) in eine der kleinen braunen Espressotassen und goß Kaffee ein. Da ich keine Anstalten machte, nach dem Croissant zu greifen, riß sie es in kleine Teile und gab sie mir in die Hand, nötigte sie mir geradezu auf, so daß mir gar nichts weiter übrigblieb, als in das splitternde Gebäck zu beißen – das ich, in der ungefüllten Art, überall gerne esse, nur nicht im Bett –, mit dem vorhersehbaren Effekt, daß sich bald ein Kranz von Krumen auf dem Laken bildete, der wiederum Marta die wohl gewünschte Gelegenheit bot, mich mit kurzen, schnellen Schlag- und Wischbewegungen zu säubern. Wahrscheinlich hatte sie diese Geste der Aufmerksamkeit bei Rudolf gelernt.

Ich habe Ihnen drei Arbeitstische zurechtgemacht, sagte Marta. Diesen hier – und damit zeigte sie auf einen schmalen, dunkel gebeizten Tisch vor dem Fenster –, den Schreibtisch im Gästezimmer und den Schreibtisch in seinem Büro unten im Institut. Natürlich können Sie auch den Tisch auf der Terrasse benutzen, ab zehn, wenn die Mädchen mit der Fütterung fertig sind. Eines der Mädchen bleibt bis zwei und kümmert sich um die Pflanzen, das soll Sie aber nicht stören. Ich muß Sie bitten, Elsas Arbeitszimmer nicht für Ihre Zwecke zu gebrauchen. Wir wollen auf keinen Fall, daß die Papiere sich mischen. Hier – und damit zeigte sie auf einen exakt gestapelten Berg von grauen Pappkartons – habe ich Ihnen den Teil des Nachlasses aufgebaut, den Rudolf bereits zu Lebzeiten geordnet hat, damit können Sie beginnen. Alles andere zeige ich Ihnen später.

Sie hatte es eilig, weil sie, wie sie sagte, sich um die Studenten kümmern müsse, die ihr unten »wahrscheinlich bereits die Tür eindrückten«.

Ich blieb bis zu ihrem Abgang stumm in Rudolfs Bett sitzen und horchte in vorgebeugter Haltung auf das Zuschlagen der Wohnungstür. Kaum hörte ich das dumpfe Geräusch, sprang ich, vollständig nackt, wie ich zu meinem Schrecken bemerkte, aus dem Bett und rannte zur Tür, um sie von innen zu verriegeln. Seit ich die Augen aufgeschlagen hatte, verspürte ich einen brennenden Harndrang, der sich wahrscheinlich dem schlechten Wein der letzten Nacht verdankte, und hastete auf der Suche nach dem Badezimmer durch die dunkle, ruhige Wohnung, vorbei an verschatteten Spiegeln, die mein rotzgrünes Gesicht in milder Abschwächung wiedergaben, bis ich, nachdem ich ein halbes Dutzend Türen geöffnet und wieder geschlossen hatte, endlich fand, was ich suchte.

Lange konnte ich mich nicht an der kühlen Ruhe des dunkelblau gekachelten Bades erfreuen, weil nun ein explosionsartiger Krach und ein zwitscherndes Rufen aus der Richtung zu vernehmen war, aus der ich gerade gekommen war. Es stammte, wie sich bald herausstellen sollte, von zwei thailändischen Mädchen, die das Schloß geöffnet hatten, aber von der vorgelegten Kette daran gehindert wurden, die Wohnung zu betreten. Sie gingen mit einem gemurmelten *Buongiorno* an mir vorbei zur Küche und ließen mich mit meinem umgelegten Handtuch kommentarlos stehen, und während ich ihnen noch, die Klinke in der Hand, sprachlos hinterherschaute, klingelte das direkt neben mir auf einem kleinen Tisch untergebrachte Telefon. Marta. Ob ich die Mädchen eingelassen hätte. Ja. Ob ich schon an der Arbeit sei. Nein. Ob sie mir zur Hand gehen solle? Nein. Also dann bis später.

Ich tastete mich zurück zu Rudolfs Schlafzimmer und legte mich wieder aufs Bett, um zur Ruhe zu kommen. Die Atemlosigkeit der letzten vierundzwanzig Stunden, die dichte Aufeinanderfolge von für mich ungewohnten

Ereignissen, der nicht zu bremsende Redestrom Martas, die ungeklärte Weise, wie ich in dieses Bett gekommen war, die Bedeutung der Aufgabe, die mich erwartete, um Elsas telefonisch ausgesprochener, schriftlich noch keineswegs fixierter Bitte, die Sichtung und Bewertung von Rudolfs literarischem Nachlaß vorzunehmen, zu entsprechen, die Plötzlichkeit, mit der ich aufgebrochen war, und die Dringlichkeit, mit der meine Ankunft erwartet wurde, nachdem Elsa nur zwei Tage nach Rudolfs Tod und drei Tage vor seiner Beerdigung diesen zunächst nicht näher bezeichneten, sich offenbar zu einer ernsten Krise ausgewachsenen Anfall erlitten hatte – diese und andere Fragen und Probleme veranstalteten einen so gewaltigen Aufruhr in meinem von dem wahrscheinlich zu stark geschwefelten Wein verwüsteten Schädel, daß ich zu der Ansicht kam, ihn nur in Ruhelage wieder zu klaren Aussagen bewegen zu können.

Aber auch das war mir nicht möglich. Ich konnte nicht liegen. Also schlurfte ich wieder zurück ins Badezimmer, um mir mit Rudolfs (oder Elsas?) Zahnbürste die Zähne zu putzen, weil ich mein Gepäck noch nicht aus der Gepäckaufbewahrung des nahe gelegenen Hauptbahnhofs geholt hatte. Die Zahnbürste meines toten Freundes. Ein rotes, zerdrücktes, vielgereistes Ding von Dr. Best, das mir unangenehm ins Zahnfleisch stach. Ich erinnerte mich daran, wie ich darunter gelitten hatte, wenn Rudolf unbekümmert meine Zahnbürste benutzte, weil seine unbrauchbar geworden war, und selbst auf meine Vorhaltungen hin Tage brauchte, um sich eine neue anzuschaffen. Vor allem hatte er die abstoßende Eigenschaft, mit meiner Zahnbürste nicht nur seine Zähne, sondern auch seine Zunge abzubürsten, den dicken Schleim, der sich der schlechten Ernährung und dem exzessiven Rauchen verdankte. Dieser Schleim ließ sich nur durch eine Spezialbehandlung aus den Borsten lösen, was Rudolf in seiner Ungeduld gerne mir überließ. Der sadistische Zug, der ihm damals zweifellos eignete, wurde durch mein offen gezeigtes Leiden nur noch gesteigert, und je mehr somatische Wirkungen bei mir erkennbar wurden, desto ärger wurden seine Sticheleien und Kränkungen. Die Exaltiertheit, mit der er meinen angeblich spießigen Charakter auseinandernahm, die verletzende Hochnäsigkeit, mit der er dann später auch mir eine neue Zahnbürste überreichte, damit ich meine von ihm entehrte alte mir nicht noch einmal in den Mund schieben mußte, diese sadistische Energie war in den letzten Jahren abgeklungen, aber nie ganz vergangen. So konnte er mich nach allen Regeln der Kunst am Telefon quälen, indem er mir zum Beispiel vorwarf, am Leben zu hängen, eine Ordnung schaffen zu wollen, während er über dem Abgrund schwebte und jede Ordnung als Illusionstheater verspottete. In letzter Zeit warf er mir gelegentlich vor, ihn mit meinen Telefongesprächen überwachen zu wollen. Du willst wissen, was ich denke, rief er dann in den Hörer, um mich steuern zu können, aber ich denke nichts!

Nun hatte ich, der Überlebende, seine Borsten zwischen den Zähnen und hörte, mit Schaum vor dem Mund, seinen ironischen Kommentar: Ja, dir Lebenstüchtigem macht es nichts aus, morgens aufzustehen, dich im Spiegel zu sehen, dir meine Zahnbürste in den Mund zu stopfen und dann fröhlich den Tag zu beginnen, während mir schon die Würmer das Fleisch von den Knochen nagen.

Wie so häufig in fremden Wohnungen ging alles sehr langsam, zu langsam. Ich lief planlos hin und her, horchte auf Geräusche, sah aus dem Fenster, beobachtete die eitlen Tauben, vergaß den Kaffee, der in seinem engen Gefäß fast zur Explosion kam, mußte das Gerät unter fließendem Wasser auskühlen und wieder füllen. Wo standen die Tassen, wo wurde der Zucker aufbewahrt, warum gibt es keine Teelöffel. Der terroristische Alltag kam in fremden Wohnungen zu sich selbst. Als ich dann endlich nach all den unnützen Verrichtungen und Verbummelungen wieder in Rudolfs Schlafzimmer gelandet war, das Bett gerichtet und mich, wenn auch mit den verrauchten Kleidungsstücken des vergangenen Tages, angekleidet hatte, konnte ich mich, nun auch ruhiger geworden, dem Kartongebirge widmen, das, mit Rudolfs vertrauter Handschrift bekritzelt, einen großen Teil der rechten Wand des Zimmers einnahm. Vierundsechzig Kartons, akkurat übereinandergestapelt, die unteren durch den auf ihnen lastenden Druck an den Kanten schon ein wenig gequetscht. Geordnet nach Projekten, Briefen, aufgegebenen und abgeschlossenen Werken, Dokumenten. Die Vorstellung, diese Masse an Papier durchsehen zu müssen, machte mich alles andere als froh. Das Reale befindet sich nicht in den Akten, es läßt sich nicht aus alten Schriftstücken erlesen. Die Unschuld des Anfängers, das tastende Vorwärtskommen, die Empfindungsstärke des reifen Schriftstellers, die Krisen und langen Unterbrechungen, all das lag nun abgepackt vor mir. Ein Schriftstellerleben. Wo sollte ich anfangen?

Ich war gerade dabei, mir den ersten Karton aus der oberen Reihe zu angeln, als ich die trippelnden Schritte einer der Thailänderinnen hörte, die mir mit ihrer flüsternden Sprechweise so etwas wie einen schönen Tag zuzwitscherte und fast geräuschlos verschwand. Und ich hatte die Papiere noch nicht aus ihrem Kartongrab gehoben, als die Tür erneut ging und Marta erschien, die sich vom Fortschritt meiner Arbeit persönlich überzeugen wollte.

In dem Karton werden Sie nicht viel finden, sagte sie nach einem flüchtigen Blick über meine Schulter.

Ihre Nähe war fast nicht zu ertragen. Würde ich von jetzt an immer, wenn ich Zwiesprache halten wollte mit meinem toten Freund, von ihr beobachtet werden? Wie hatte es Rudolf, der im Umgang mit anderen zu einer übertriebenen Diskretion und Distanz neigte, mit diesem weiblichen Feldwebel ausgehalten? Ich mußte an das Schicksal des armen Peter Kien denken, der seine herrschsüchtige, häßliche Haushälterin geheiratet hatte, um durch gesuchte Nähe sich einen gewissen Abstand zu erkaufen, und natürlich furchtbar gescheitert war. Rudolf liebte diesen Roman, von Peter Kien sprach er wie von einem nahen Freund. Je länger ich, Marta im Rücken, auf den geöffneten Karton glotzte, desto dringender wurde der Wunsch, mit all den Kästen nach Deutschland zu fliehen, Rudolf heimlich wieder in seine Heimat zurückzubringen. Ich mußte dieses grau verpackte Lebenswerk den Händen dieser Frau entwinden, es ihrem Einfluß entziehen, vor ihren Augen verstecken.

Als hätte Marta geahnt, daß ich drauf und dran war, den Deckel wieder über die eben erst dem Tageslicht enthüllten Dokumente zu stülpen, griff sie sich beherzt von der Seite her den Karton und drehte ihn ganz einfach um, so daß der ganze Inhalt sich mit einem Schwapp vor mir ausbreitete. Ihre Gesten hatten etwas Unreines, Übertriebenes.

Sie sehen ja, nichts Besonderes, sagte sie während dieser überfallartig ausgeführten Aktion, nichts, was die Nachwelt interessieren dürfte.

Ich preßte so rasch ich konnte beide Hände auf den

kleinen Stapel Papier, damit sie ihn mit ihren Krallen nicht noch auseinanderharken konnte, und flehte sie an, mich endlich mit der Arbeit beginnen zu lassen.

Wenn Sie in dieser Geschwindigkeit fortfahren, können Sie Ihren eigenen Nachlaß noch dazupacken, lachte sie mir ins Gesicht, Rudolfo hat oft erzählt, daß Ihre Entschlußlosigkeit dafür gesorgt hat, daß Sie nicht zum Schreiben gekommen sind. Aber in einer Stunde müssen Sie dem Präsidenten der Universität einen ersten Bericht geben, und wenn Sie bis dahin nur die alten Reisedokumente hier durchgesehen haben, wird er an Ihrer Kompetenz zu zweifeln beginnen.

Kompetenz, wie sehr ich dieses Wort haßte. Aber tatsächlich hatte ich zugesagt, dem Präsidenten Bericht über den Nachlaß zu erstatten, weil die Universität gemeinsam mit der Stadt sich bereit erklärt hatte, sämtliche Papiere in ein zu gründendes Sonderarchiv zu verbringen, das ausschließlich Rudolfs Werk und Wirken vorbehalten sein sollte. Elsa hatte deshalb vorgeschlagen, mich, als einen der besten Kenner des Werks, zum Nachlaßverwalter zu ernennen, von dessen Bericht abhängig gemacht werden sollte, ob der Nachlaß in Turin bleiben oder nach Deutschland kommen sollte, wo von seiten des Marbacher Archivs einerseits, vom Oberbürgermeister seines Geburtsorts andererseits bereits unmittelbar nach Rudolfs Tod die Bereitschaft zur Übernahme signalisiert worden war. Weder Marbach noch der Geburtsort machten sich wahrscheinlich Vorstellungen, welchen Umfang der Nachlaß hatte, denn mit zwanzig oder dreißig Kisten, die üblicherweise von einem Schreibleben übrigbleiben – Manuskripte, Briefe, Notizbücher und Akten –, war es hier nicht getan. Die manische Schreibwut Rudolfs in Verbindung mit seinen Exzerpten hatten ein Korpus von Papier gebildet, das wahrscheinlich Räume füllen würde, und selbstverständlich gehörte die Bibliothek zu seinem Werk dazu. Wollte man die Bibliothek abtrennen, könnte man die Papiere vernichten, sie waren nur im Zusammenhang verständlich. Es gab zum Beispiel neben den umfangreichen Skripten »Zur Pathologie Pascals« eigens Regale mit seinen Sammlungen zu »Ressentiment«, »Gier« und »Scham«; über diese Phänomene, die er aussagekräftiger fand als »Gesellschaft« oder »Wirtschaft«, wollte er umfangreiche Monographien schreiben, die angezeichneten Fotokopien, diktierten Passagen und handschriftlichen Notizen lagen den jeweils mehr als hundert Büchern bei. Stoff für viele Bände einer umfangreichen Gesamtausgabe, die plötzlich vor meinen Augen entstand, herausgegeben, mit ausführlichen Nachworten versehen von mir.

Die Universitätsleitung hatte in dem Gespräch mit Elsa einen Tag nach Rudolfs Tod vorsorglich darauf hingewiesen, daß die Papiere, die sich in den beiden Büros, in der Universität und im Institut, befänden, vorbehaltlich einer juristischen Prüfung dem italienischen Staat gehörten, was Elsa in der Aufregung und Niedergeschlagenheit nicht zurückgewiesen hatte. Da ich mich im italienischen Beamtenrecht nicht auskannte und auch keineswegs vorhatte, mich in diese komplizierte Materie einzuarbeiten, hatte ich Elsa vorgeschlagen, die beiden Räume vorerst verschlossen zu halten. Einerseits, so mein Argument, könne sie froh sein, daß das öffentliche Interesse an Rudolfs Hinterlassenschaft so ausgeprägt sei – was mich, die italienische Seite betreffend, verwunderte, da Rudolf mir gegenüber kein gutes Haar an der Universitätsleitung gelassen hatte –, andererseits mußten wir um alles in der Welt verhindern, daß diejenigen Papiere aus seinem Büro, die nichts mit universitären Belangen zu tun hatten, in die falschen Hände gerieten. Ohne Elsas Einwilligung war in diesem kuriosen Kampf um den Nachlaß des eben Verstorbenen gar nichts zu machen, aber was würde geschehen, wenn Elsa aus Gründen, die ich mir gar nicht vorzustellen wagte, für immer ans Bett gefesselt wäre, von anderen Entwicklungen einmal abgesehen? Was auch immer geschehen würde, ich schwor mir, im Angesicht Martas, stumm und heilig, das Gespräch mit dem Präsidenten unter vier Augen zu führen und bei dieser Gelegenheit darauf zu dringen, meiner Arbeit bis zu der fälligen Entscheidung ohne Aufsicht nachgehen zu dürfen. Abgabe sämtlicher Schlüssel, kein Frühstück mehr am Bett, vollständiges Alleinsein.

Soll ich Ihnen einen Kaffee machen? fragte Marta, die offenbar ein Diplom im Gesichts- und Gedankenlesen erworben hatte, und: Wollen Sie den Präsidenten unten in meinem Büro empfangen oder hier?

Hier, sagte ich mit einer Promptheit, die mir selbst unheimlich vorkam, und tippte wie ein richtiger Nachlaßverwalter auf die vor mir liegenden Dokumente. Hier und nirgendwo anders, wenn ich bitten darf.

Bene, lautete ihre zweisilbige Antwort. Und bevor sie in die Küche ging, um mir neuen Kaffee zu machen, richtete sie das Bett her, weil, wie sie deutlich vor sich hinmurmelte, der Präsident ja nicht wissen muß, wer alles in diesem Bett übernachtet hat.

Ich tat so, als hätte ich nichts gehört, obwohl ich vor innerer Erregung zu platzen drohte, und erst als Marta gegangen war, sprang ich von meinem Stuhl auf und lief schreiend und sie verwünschend durch die dämmrige

Wohnung. Diese rechthaberische und arrogante Frau, die mich und unsere Unterhaltung nach ihrem Gutdünken zu lenken beliebte, ihr herablassendes Verhalten und ihre verletzenden Anspielungen ließen eine mächtige Wut in mir aufsteigen. Ich bin zu sanft für diese mit allen Wassern gewaschenen Institutsmenschen, zu gutgläubig, zu naiv und zu wenig unverschämt.

Auf der anderen Seite hatte sie natürlich recht. Denn wenn ich mich weiterhin so gehen und mich von ihr vorführen ließ, würde ich in den wenigen Tagen, die mir zur Verfügung standen, kaum zu einer ordentlichen Durchsicht und folglich auch zu keiner Entscheidung kommen können.

Also Ruhe finden, Ruhe bewahren, mit der Arbeit beginnen.

8

Ich konnte mich nicht setzen. Es war mir ganz einfach unmöglich, mich auf Rudolfs Stuhl, auf dem er sich zu Tode gesessen hatte, niederzulassen. Sein ganzes Unglück, sein Wille zum Unglück, hatte sich in diesem Sitz eingelassen, er war noch ganz warm vor lauter Unglück. Die Vorstellung, auf diesem Stuhl sitzend mit nervösen Fingern die Papiere durchzusehen, um womöglich etwas zu finden, eine Entdeckung zu machen, kam mir wie eine unstatthafte Einmischung vor, wie eine frivole Entwürdigung. Da ich von Rudolfs Leben nur einen lächerlich winzigen Ausschnitt kannte, mußte jedes Stück Papier eine Entdeckung enthalten. Was hatte er gegessen, wo war er abgestiegen, war er erster Klasse gefahren? Wen hatte er getroffen, was war ihm aufgefallen? Wann genau begann er seine Reise in die Einsamkeit, wann verbündete er sich mit Pascal gegen die Freunde? Würde ich ein Geständnis finden? Geständnisse sind am klarsten, wenn man sie widerruft, hatte ein Bettler gesagt, den Rudolf verehrte. Und was hätte Rudolf getan, wenn ihm mitgeteilt worden wäre, er hätte noch zehn Tage Zeit, seinen Nachlaß selbst zu besorgen? Vor einigen Jahren noch hätte ich gesagt, Rudolf hätte alles vernichtet, weggeworfen, verbrannt. Ja, verbrannt: Dann hätte man neben die Urne mit seiner Asche eine Urne mit der Asche seiner Hinterlassenschaft stellen können, dazwischen sein literarisches Werk. Und die Bibliothek hätte er einem befreundeten Antiquar anvertraut, damit sie sich zwischen anderen Nachlässen auflöse, sich unsichtbar mache.

Was für eine entsetzliche Aufgabe hatte man mir übertragen? Gab es nicht andere, die mit geübtem Blick entscheiden konnten, was ins Kröpfchen und was ins Töpfchen gehörte? Gab es nicht immer noch die Möglichkeit, die privaten Dinge, die Briefe und Postkarten und flüchtigen Bekenntnisse einfach zu eliminieren? Wegzuwerfen? Ich kannte einmal einen Schriftsteller, der nach Beendigung eines Buches sämtliche Fassungen, Entwürfe, Notizen und Korrespondenzen und so weiter in eine Plastiktüte stopfte und diese in der Mülltonne versenkte. Einmal hat er, am Tag der Müllabfuhr, die Examensarbeit seiner Tochter versehentlich mit in den Entsorgungskarton gepackt, was dazu führte, daß alle seine Freunde wie die Verzweifelten in Südamerika über die rauchenden Halden von Göttingen wandern mußten, bis sie endlich nicht nur die schreckliche Arbeit der Tochter über Flaubert fanden, sondern auch die seltsamen Aufzeichnungen des Schriftstellers zu seinem Roman, aus denen zweifelsfrei hervorging, daß er die Sätze Wort für Wort verschiedenen anderen Schriftstellern entlehnt hatte. Wer einmal in den Magazinen von Marbach war, in diesem gigantischen Zettelkasten, dieser wuchernden Ordnung, die über den unordentlichen Lebensgeschichten errichtet ist, dem müssen, vor aller rationalen Überlegung, Zweifel kommen, ob all das Papier gehütet werden muß. All das Scheitern. Sämtliche Niederlagen, nun den Blicken einer voyeuristischen Philologie ausgesetzt, die sich nur allzu bald darauf stürzen wird, um Dissertationen und langweilige Hausarbeiten damit zu füllen. Warum gab es Archive für Schriftsteller, nicht aber für die sogenannten einfachen Menschen? Danilo Kiš, ein in Paris gestorbener Serbe und einer der anrührendsten Schriftsteller meiner Generation, hat die Geschichte von einem in Schweden untergebrachten Archiv geschrieben, in dem die Lebensgeschichten sämtlicher unbekannter Menschen aufbewahrt werden, die sonst in keinem Nachschlagewerk stehen. Auch die Geschichte seines unglücklichen Vaters. Eine unvergeßliche Geschichte, die mit leiser Stimme darauf pocht, daß jedes einzelne Leben eine Bedeutung hat und deshalb nach dem Tod nicht verlorengehen darf. Eine der traurigsten und schönsten Geschichten der Weltliteratur, weil sie mit großer Liebe etwas beschreibt, was es nicht gibt und, trotz aller modernen Anstrengung, nichts verloren zu geben, nie geben wird. Fünfzig Prozent aller Menschen sind schon in der zweiten Generation danach vergessen, der Rest in der dritten. Manche überleben als Straßenname. Der Vater von Danilo Kiš starb auf entsetzliche Weise, und außer der Erinnerung an ihn, wie sein Sohn sie aufgezeichnet hat, ist nichts geblieben, nicht einmal ein Grabstein.

Ich stützte mich schwer und vollkommen erschöpft mit beiden Händen auf die Tischplatte und versuchte, mit den abgespreizten Daumen das Häuflein Papier aufzufächern. Welche fatale Ordnungsliebe hat euch hier zusammengeführt, fragte ich die Blätter, die nun nach und nach etwas von ihrem Geheimnis preisgaben. Eine Rechnung für Blumen, die nach Deutschland geschickt worden waren. Ein Zettel mit folgenden Zeilen: »Höhenflug? Absturz: wie oft in einem Leben möglich? Das Verlangen nach Sicherheit und Gerechtigkeit einerseits, nach dem Schönen andererseits, schafft die Götter. Urheberrecht an nie aufgeschriebenen Ideen, wohl aber gedachten. Es kommt alles darauf an, *mit wem man sich verwechselt*. (C.) Für die, welche an keine Unsterblichkeit glauben, gibt es auch keine. (B.) Umschulung vom Dichter zum Schriftsteller.«

Dann ein paar Briefe eines Doktoranden aus Halle, sehr gelehrt und belehrend, als hätte Rudolf nicht ganz den Anforderungen des jungen Herrn genügen können. Und schließlich ein Fund.

Was ich nun las, lesen mußte, zwang mich geradezu auf Rudolfs Stuhl, damit ich mit Rudolfs Augen lesen konnte, und als hätte ich nie darüber nachgedacht, daß das Aufbrechen der Unantastbarkeit des privaten Lebens zu den schlimmsten Vergehen gehört, die wir tagtäglich verüben, stürzte ich mich auf den ersten Brief eines weiteren Konvoluts, der sich aus dem Haufen gelöst hatte. Evas Schrift, kein Zweifel, es war Evas Schrift. Die sonderbar in sich verhakte Schrift ebenjener Eva, von der Rudolf behauptet hatte, sie nie wieder gesehen zu haben, mehr als dreißig Jahre außer den wenigen verhaßten Telefonaten kein »Sterbenswörtchen« von ihr gehört zu haben; »gottlob«, wie ich mich plötzlich genau erinnerte, »weil es mich umbringen würde, noch einmal in ihre Fänge zu geraten«. Er hatte mich mit zunehmendem Alter zwar oft aufgefordert, ihm Nachrichten von den alten »Hühnern« mitzuteilen, und ich hatte ihm berichtet, wenn ich irgendwo etwas von ihnen gelesen hatte, und manchmal hatte ich ihm sogar Zeitungsausrisse geschickt, die er dann auf sarkastische Weise kommentieren konnte. Auch von Eva. Sie hatte in einer der wie Pilze aus dem Boden geschossenen Gender-Reihen ein Büchlein über »Frauen und Kunst« veröffentlicht, das Rudolf mit Hohn und Spott (»Frauen im Knast«) überzogen hatte, so daß ich, der nur zu einer flüchtigen Lektüre der auch nach meiner Auffassung windigen Thesen gekommen war, es vor seinem vernichtenden Urteil retten mußte. Als ich ihm dann später zu meiner (und wohl auch Evas) Verteidigung eine sehr zustimmende Besprechung dieses Werkleins aus unserer lokalen Zeitung schickte, war er fassungslos, wie man einen so dünn angerührten, schlecht geschriebenen, ohne jedes schlagende Beispiel auskommenden Text überhaupt zur Kenntnis nehmen könne, und hatte sofort auf eine unangenehm polternde Weise geargwöhnt, daß der Rezensent wahrscheinlich mit Eva im Bett gewesen sei. Bettgeschichte statt Kunstgeschichte. Wäre sie doch in seinem Bett geblieben, rief er mit einer an ihm selten zu beobachtenden Verachtung aus, statt die Universität zu unterwandern. Rudolf konnte mühelos von der Tatsache dieser mageren Besprechung in unserer Zeitung auf den Stand der Kulturwissenschaften in Deutschland insgesamt schließen, die schon seit langem »den Bach hinunter« sei, und die bloße Existenz des Rezensenten, der irgendwo im Norden Kunstgeschichte lehrte, war ihm ein guter Grund, nie wieder auch nur mit dem Gedanken zu spielen, einen Ruf an eine deutsche Universität anzunehmen. Die Berührung mit dem Denken ist an deutschen Universitäten ein lebensgefährliches Unglück. Man meidet die Erleuchtung, also studiert man lieber im Halbdunkel. Nicht Fisch und nicht Fleisch. War die erste Erregung vorüber, verfiel er meist in eine lethargische und melancholische Stimmung, die dann in eine schroffe Gleichgültigkeit überging. Gottseidank, so Rudolf, habe ich nichts mehr an deutschen Hochschulinstituten verloren. Es gab natürlich Versuche, besonders nach der Veröffentlichung seiner Romane und dem damit verbundenen wachsenden Ruhm, ihm einen Lehrstuhl schmackhaft zu machen, sogar eigens für ihn einzurichten, aber es gab seinerseits auch immer vorbildlich formulierte Gründe, höflich dankend abzulehnen. Wo in Deutschland gibt es eine Terrasse für meine Tiere? fragte er mich dann, wenn wir diese Probleme am Telefon besprachen, denn es kam für ihn auf gar keinen Fall in Frage, außerhalb der Stadt auf dem sogenannten flachen Land zu wohnen. Er, der nie ins Kino ging und in den letzten Jahren kein Theater betreten hatte (weil es in Italien nach Strehler angeblich kein Theater gab, das diesen hohen Namen verdiente), konnte sich ein Leben ohne städtisches Ambiente, ohne Kinos und Theater und Restaurants nicht vorstellen. Solange ich die Theater, Kinos und anderen öffentlichen Kultureinrichtungen von oben, von der Terrasse aus, betrachten kann, sagte er, wenn ich ihm Vorhaltungen über seinen anachoretischen Lebenswandel machte, dann ist es genug. Aber auf dem deutschen Land? Nie. Stell dir vor, du müßtest in Paderborn leben, rief er mir zu, C4 in Paderborn! Und dein Nachbar in der Doppelhaushälfte wäre dieser Kunsthistoriker, dem Eva die schändliche, gleichermaßen von Unkenntnis wie von Größenwahn triefende Rezension abgepreßt hat!

Was er nur gegen Paderborn hatte? Ich selbst zog Paderborn und Umgebung München und Berlin vor und hatte bereits mit dem Gedanken gespielt, mich demnächst in der Nähe von Paderborn niederzulassen. Man kann den Menschen dort etwas länger ins Gesicht schauen, ohne zu ermüden; man kann ihnen etwas länger zuhören, ohne stimmenkrank zu werden. Und sie haben nicht viel zu sagen.

Ich liebte Rudolfs schöne, ungerechte Telefonausfälle, aber da meistens ich es war, der anrief, hielt ich sie aus Kostengründen kurz, und außerdem gab es keine wirklichen Argumente, Evas theoriegesättigte Auslassungen über die Knebelungen des Weiblichen in der Kunst zu verteidigen. Es gibt Bücher, die man an sich vorbeiziehen lassen muß, man darf sie weder heftig lieben noch aufwendig hassen. Eva schrieb, wie man halt so schreibt, wenn einem die Anschauung gleichgültig ist und man trotzdem der Zeit gefallen will. Wahrscheinlich wollte auch sie nur kurz den Finger heben, um nicht übersehen zu werden. Ich kann mich allerdings noch daran erinnern, wie sehr mich Rudolfs tobsüchtiger Anfall beschäftigt hatte, weil ich mir weder vorstellen konnte, daß er sich für das Thema ihrer Arbeit interessierte, noch daß ihm Eva nach fast vierzig Jahren besonders am Herzen lag. Ich wußte, daß er sie einmal auf seine flüchtige Art geliebt hatte, aber ich wußte nie warum, schon in Berlin nicht. Evas verwöhnte Trägheit, ihre Unfähigkeit, sich an einem Gespräch zu beteiligen, ihr Mangel an Witz und Schnelligkeit waren schon damals Gegenstand langer Diskussionen, und auch ihre ständigen Kopfschmerzen, ihr zerknülltes Aspiringesicht nach dem ersten Glas Wein, haben uns oft fragen lassen, ob wir sie überhaupt weiter einladen sollten. Aber kaum war unser ablehnen der Entschluß gefaßt, begann Rudolf sie und ihren heiteren Charme mit übertriebener Rhetorik zu verteidigen. Plötzlich war sie das Gegenbild zu all den grauen Studentinnen, die von der Höhe der Theorie aus die anderen verachteten. Plötzlich war ihr Mangel an Kühnheit, ihre Angst vor dem Risiko ein Zeichen von kontemplativer Stärke. In Sekunden war sie in seinen Worten eine andere geworden. Also blieb sie, pedantisch und alles andere als inspiriert, in unserer Küche sitzen: als traurige Gestalt.

Und jetzt lese ich, vollkommen wehrlos, die Briefe

Evas an Rudolf, die man nur als Liebesbriefe bezeichnen kann, trotz der eigentümlichen Trockenheit, die den Ton beherrscht. Der letzte Brief, vor wenigen Wochen geschrieben und von Rudolf, wie ich an seinen handschriftlichen Notizen am Rand sah, auch gelesen, war offenbar der Höhepunkt einer Liebestragödie. »Ich habe endlich mit Ernst gesprochen«, las ich, »und er scheint einverstanden zu sein, wenn alles schnell über die Bühne geht und er das Haus in Spanien behalten darf. Offenbar liegt ihm mehr an dem Haus als an mir. Obwohl ich ihm in dem sehr ruhigen (oder besser: immer ruhiger werdenden) Gespräch als einzigen Grund für die Trennung nur mangelnde Liebe genannt habe, vermutet er doch einen anderen Menschen in den Kulissen. Die ganzen Jahre habe ich dieses grundsätzliche Mißtrauen unterschätzt. Er geht sogar so weit, sich selbst zu mißtrauen. Ist es ein Mann oder eine Frau, hat er mich schließlich gefragt, und ich weiß nicht genau, ob diese Frage nur seinem normalen Zynismus und seiner Gleichgültigkeit mir gegenüber zuzuschreiben ist oder ob er etwas ahnt oder sogar weiß. Ich habe daraufhin meinen Schreibtisch auf den Kopf gestellt, ob irgendwo einer Deiner Briefe herumliegt, konnte aber nichts finden, und auch das Geheimfach scheint unangetastet zu sein.«

Im folgenden kommt sie in ihrem auf einer Schreibmaschine, nicht auf einem Computer geschriebenen, einzeiligen Brief auf alle möglichen Erinnerungen zu sprechen, die sie nun, da alles eingeleitet sei, beflügeln, und wenn sie bis zu diesem Zeitpunkt der Abfassung des Briefes auch immer noch Angst gehabt hatte vor dem »Schritt«, sei sie nun angstlos und guter Dinge. »Ich will Dich nicht drängen«, so begann der letzte Absatz, »aber ich wäre froh, wenn Du nun auch den Schritt wagen würdest« – schon wieder ein Schritt –, »denn es wird doch länger als gedacht dauern, bis ich mich – nicht zuletzt wegen einiger Gutachten – aus dem Universitätsbereich verabschieden kann. Das WS (Dürers Handzeichnungen) muß ich in jedem Fall noch dranhängen. – Hast Du schon Neuigkeiten wg. der Wohnung? Wenn es nach mir ginge, würde ich ein eigenes Haus (auch auf dem Land) bevorzugen, ich hätte aber auch, sollte E. das Feld freiwillig räumen, nichts dagegen, bei Dir im Institut zu wohnen. (Trotz meiner Dir bekannten Tierliebe bin ich aber wahrscheinlich nicht in der Lage, den Zoo zu beaufsichtigen. Dagegen bin ich eine sorgfältige Gärtnerin!) Am liebsten wäre es mir natürlich, Du würdest den Ruf nach Brandeis annehmen, weil ich dann, anders als in Italien, die Chance hätte, akademisch irgendwo unterzukommen. Meine letzten drei Aufsätze sind jetzt in Amerika publiziert – Du darfst stolz auf mich sein! –, so daß ich dort nicht wie ein unbeschriebenes Blatt auftreten müßte, und wenn mein Vortrag an der NYU im Oktober einschlägt, müßte es klappen.«

Die Schlußbemerkungen, die ich schon überflogen, aber in meiner Not noch nicht Wort für Wort aufgenommen hatte, mußte ich mir für den Nachmittag aufheben, weil im Flur die Stimmen und Schritte von Marta und (wie sich bald herausstellen sollte) dem Präsidenten zu hören waren. Mit eiskalter Ruhe, mit der Ruhe eines professionellen Nachlaßverwalters, den die Launen und erotischen Vorlieben seines verstorbenen Mandanten nichts anzugehen hatten, legte ich das Konvolut der Briefe zurück in den grauen Pappkarton und stellte diesen wieder an seinen Platz. Als die beiden gutgelaunt eintraten, fanden sie mich bewegungslos an einem völlig leeren

Schreibtisch vor, wie vom Schlag getroffen. Ich hatte das ungute Gefühl, daß mein Leben dabei war, sich entscheidend zu ändern.

9

Da ich nach der beschämenden Lektüre des Briefes keinen Hunger mehr verspürte, weder auf Essen noch auf Konversation, versuchte ich, am Ende erfolgreich, den Präsidenten von einem gemeinsamen Restaurantbesuch abzubringen und schlug statt dessen ein Café unter den Arkaden vor, in der Nähe des Goethe-Instituts, wo ich vor Jahren einmal mit dem damaligen Direktor gesessen war. Wir hatten uns nach einer sehr erfolgreichen Tagung zum Problem des Mythos in der Moderne angefreundet. Klaus. Ein beweglicher, kluger Kopf. Einer, der sofort und mit Leidenschaft Pläne machte.

Vor wenigen Wochen hatte ich seine Todesanzeige in der »Süddeutschen Zeitung« gefunden, aufgegeben von seinen Freunden, und hatte mich geärgert, daß ich nicht unter den Trauernden zu finden war. Er hatte sich in Brasilien das Leben genommen, und wenn es stimmte, was man munkelte, wegen einer Frau.

Kann ich von Klaus wirklich als von einem »Freund« reden? Wir haben uns vielleicht fünfmal im Leben gesehen, zehnmal miteinander telefoniert und ein Dutzend Briefe gewechselt. Aber er hat mir, als wir uns kennenlernten, in dem Café unter den Arkaden, gleich neben dem Goethe-Institut, seine Lebensgeschichte erzählt. Das ist das Entscheidende. Wenn ich an ihn denke, habe ich sofort sein ganzes Leben vor mir. Wenn ich dagegen an Menschen denke, von denen ich glaube, daß sie mir unendlich viel näherstehen, fällt mir nur eine Episode ein, ein komisches oder ernstes oder lächerliches Detail. Bei Klaus immer das ganze Leben, das er als eine andauernde Liebestragödie darstellte. Ich hatte in Turin über Bataille geredet, der damals in Mode war bei den unorthodoxen Linken, seine Theorie der Verausgabung, ein schwelgerischer Text, mußte für vieles, für fast alles herhalten bei bestimmten Leuten, die das Kleinkrämerische der Republik, den Mangel an Schwung und Herausforderung nicht mehr aushielten. Alle Verschwender sind im Grunde ihres Herzens geizig, hatte Klaus nach meinem Vortrag behauptet. Auch Bataille, den ich in den höchsten Tönen verteidigt hatte, war in seinen Augen nur ein fehlgeleiteter Geizkragen und Spießer. Ich erinnerte mich, wie der Wind unter den Arkaden stärker wurde und plötzlich mit einem unvorstellbaren Lärm einen blechernen Zeitungsständer umriß, in die Zeitungen hineinfuhr und sie aufblätterte, bis sie leicht genug waren, in seltsam flatternden Bewegungen unter den schaukelnden Lampen herumzufliegen. Was kannst du von einem Menschen erwarten, der wie Bataille sein ganzes Leben lang in Bibliotheken verbracht hat? hatte mich Klaus gefragt, der Verschwender, der wahrscheinlich im Grunde seines Herzens selbst ein Geizhals gewesen war.

Der Präsident, dem ich die Geschichte des Selbstmords meines Freundes kurz erzählte, um mein Drängen, genau dieses Café aufzusuchen, zu rechtfertigen, hatte mir unterwegs zunächst mürrisch zugehört, weil er sich einerseits wahrscheinlich nicht für fremde Menschen interessierte und andererseits seinen vier verlorenen Gängen nachtrauerte, die er von der Steuer hätte absetzen können, und machte, als wir auf unseren Korbstühlen saßen, die nachlässige und ihm noch im Aussprechen sichtlich peinliche Bemerkung, ich hätte es wohl häufiger mit Selbstmördern zu tun. Gewiß, sagte ich, wer mit geistig wachen Menschen befreundet ist, muß wohl gelegentlich die traurige Erfahrung machen, daß einem von ihnen das Leben unerträglich wird. Der Präsident trank mit bekümmertem Gesicht eine Cola light zu seinem dünnen, mit Schinken belegten Toast und schien erleichtert zu sein, als ich ihm erklärte, erst zum Ende der Woche einen genaueren Überblick über den Nachlaß geben zu können und daß er sich so lange gedulden müsse. Selbstverständlich, natürlich, rufen Sie mich jederzeit an. Und kaum hatte er erwähnt, daß er inständig hoffe, bald das Fragment des »Testaments« lesen zu dürfen – sind nicht die meisten deutschen Romane des 20. Jahrhunderts Fragment geblieben, rief er aus, Kafka, Musil? –, schnippte er schon – vergeblich, wie sich herausstellen sollte – mit seinen überaus sorgfältig manikürten Fingern nach dem Ober, weil er nicht zu spät zu einem Rektoratsmeeting kommen dürfe. Wir sehen uns, rief er mir zu, schon im Stehen, spätestens bei dem Memorial für Rudolfo, ich lasse Ihnen die Einladung zukommen.

Ich ließ ihn ziehen, glücklich darüber, in Ruhe ein wenig an Klaus denken zu können. Das letzte Mal hatten wir uns in München getroffen, wo er in der Zentrale des Goethe-Instituts etwas zu tun hatte. Ihn plagte eine schwere Erkältung, ich erholte mich von einem Hexenschuß. Aber trotz unserer schlechten Kondition mußten wir in ein Dörfchen im Landkreis Erding fahren, wo Klaus unbedingt und unter allen Umständen eine Wallfahrtskirche aufsuchen mußte, Maria Thalheim, weil ein Freund von ihm (»glaub es oder glaub es nicht«) dort eine heilende Wirkung erfahren hatte. Ich habe vergessen, wovon er geheilt wurde. Ich sehe aber noch die kostbaren Votivgaben vor mir, Tausende kleiner geschnitzter Menschenfigürchen, aber auch Köpfe, Beine, Arme, zum

Teil von einer kunsthandwerklichen Qualität, daß wir nur staunen konnten. Klaus wollte gar nicht wieder zurückfahren, so tief beeindruckte ihn diese bayerische Frömmigkeit. Und auch ich, gebeugt vom Hexenschuß, hielt mich gerne in der Nähe des Marienbildes auf, um – ja, um der Immaculata mein Leiden wenigstens zu zeigen. Und als Klaus gefunden hatte, was er suchte, setzten wir uns auf eine Bank vor einem Hollerbusch (der die Wallfahrt ausgelöst hatte: der Busch trug alljährlich Beeren, ohne je geblüht zu haben), und Klaus erzählte mir sein letztes Liebesunglück mit einer von Rudolfs Assistentinnen, die ihn nicht zu seinem neuen Institut begleiten wollte. Marta? ging es mir durch den Kopf, war das vielleicht Marta gewesen? Sicher hatte er mir den Namen damals unterm Hollerbusch gesagt, aber er wollte mir nicht mehr einfallen. Rudolf hielt sich stets fern von Klaus. Ein geschmackvoller Mensch, behauptete Rudolf, also nichts für ihn. Trotz häufiger Aufforderungen, einmal im Institut in Turin zu lesen, ist es nie dazu gekommen.

Eine tiefe Traurigkeit hatte sich über mich gelegt, eine schwammige Traurigkeit, die jeden Lebenswillen in mir aufzusaugen drohte.

Am Nebentisch las sich eine Gruppe japanischer Studenten unter eigentümlich ruckhaften Bewegungen laut lachend die Speisekarte vor, als hätten sie einen der komischsten Texte Europas vor sich. Lauter liebe Gesichter. Nicht auszudenken, was passiert wäre, wenn die großen italienischen Maler diese Menschen gekannt hätten. Da der Präsident es versäumt hatte, seine (und meine) Rechnung zu begleichen, und ich dem Kellner nicht hinreichend deutlich machen konnte, den gutgekleideten Herrn gar nicht oder nur flüchtig zu kennen, mußte ich für uns beide bezahlen. Ich stand eine Weile vor dem Schild des Goethe-Instituts und versuchte mich an den letzten Satz, den Klaus zu mir gesagt hatte, zu erinnern, gab aber in dem Lärm, der wegen der vielen Menschen herrschte, die sich vor einem leichten Regen unter die Arkaden geflüchtet hatten, bald auf, bohrte die Hände in die Hosentaschen und machte mich auf den Weg zurück zu meiner Arbeit.

Ich mußte mich zwingen, an Eva zu denken, um mir vorstellen zu können, was ich gelesen hatte. Beim Laufen durch die immer dichter werdende Menge mit ihren Einkaufstüten und Aktentaschen und großen Paketen gelang es mir endlich, ihr Bild, ihr Gesicht, einige ihrer charakteristischen Gesten, ihren Gang, ihr Lachen (ihr seltenes Lachen), das Hochziehen ihrer Augenbrauen, den links etwas hängenden Mundwinkel scharfzustellen. Plötzlich zuckten einige Bilder von ihr durch mein Gehirn: an unserem Küchentisch, am kleinen Wannsee, auf dem wir mit einem zweisitzigen Paddelboot lange Ausflüge machten, in der Galerie Haus am Wannsee mit dem Maler Fred Thieler und dem Hausherrn Manfred de la Motte (»Lach mal, dann kriegste einen Keks«, hatte er zu Eva gesagt, die daraufhin versteinerte), in Dahlem bei den alten Meistern, in der Vaganten-Bühne in der Kantstraße, wo ich als Statist neben dem großen Peter Herzog auftreten durfte. Und während ich, mich durch die Menschenmenge bewegend, im Geiste diese Bilder durchblättere, rutschten plötzlich Polaroids dazwischen, die ich entweder vergessen hatte oder mir auch nur einbildete, Eva und ich in Rom in der Villa Borghese, vor dem kleinen Kino auf dem Campo di Fiori, in das Plakat eines Films von Truffaut vertieft, und plötzlich fiel mir ein, daß sie mich damals, während einer ihrer Exkursionen, kurz besucht hatte, zwei Tage und eine kurze Nacht, als ich für sechs Wochen als Hospitant in der Kulturabteilung der Deutschen Botschaft arbeiten durfte. Wann genau war das gewesen? Vor dreißig Jahren etwa, auf jeden Fall im Winter. Frierend standen wir vor einer Bar an einem kleinen Platz hinter der Piazza Navona und tranken im Freien ein Bier, als plötzlich ihre Kommilitoninnen aus dem Dunkel auftauchten. Sie mußte sich entscheiden. Ich sehe mich plötzlich wieder vor der Bar (Bar Paradiso?), Eva im Gespräch mit den Studentinnen, aber ich habe vergessen, wie es zu ihrer Entscheidung kam, mir zu folgen. Das barocke Rom im Winterregen, das war das Programm, das ich ihr zu bieten hatte. Wahrscheinlich haben wir damals ununterbrochen über Rudolf und Caravaggio gesprochen, aber was, das wollte mir jetzt, im Turiner Regen, nicht mehr einfallen.

Ich machte Umwege durch weniger bekannte Viertel, um nicht zu rasch wieder an meinen Schreibtisch zu kommen. Obwohl ich mich eigentlich zum Fluß begeben wollte, um zur Basilica di Superga zu kommen, landete ich am Santuario della Consolata und mußte den ganzen Corso Regina Margherita zurückgehen. Ich hatte jedes Raumgefühl verloren. Und in dem entfesselten Raum tanzten die Körper, schaukelten und drehten sich, bis mir schwindlig wurde.

Ich mußte mir vorstellen können, wie sich die Wege von Eva und Rudolf wieder gekreuzt hatten und wie sich aus dieser Zufälligkeit – oder vielleicht einer herbeigeführten Zufälligkeit? – eine stabile, wenn man von Evas Brief her urteilte: eine Lebensverbindung ergeben hatte, auf jeden Fall das, was Eva und ich, trotz aller Bemühungen ihrerseits, nicht hatten herstellen können. Vielleicht, dachte ich, war das Scheitern unserer Liebesgeschichte, die ja eigentlich eine Mißverständnisgeschichte gewesen war, die Bedingung dafür, daß Eva und Rudolf einander wieder begegnet waren. Vielleicht habe ich, ohne es zu wissen, als Brücke gedient.

Als der Regen in ein regelrechtes Gewitter überzugehen drohte, mit Blitz und Donner, suchte ich in der Nähe der Mole Antonelliana eine Bar auf. Es fand sich sogar, trotz der vielen Menschen, die hier mit einem Espresso in der Hand unterstanden, ein leerer Tisch, an den ich mich mit meinem Notizbuch setzen konnte. Ich hatte das dringende Bedürfnis, etwas aufzuschreiben, aber mir wollte außer sentimentalen Erinnerungen nichts einfallen. Ich trank mehrere Cynars, die mich immerhin dazu inspirierten, ein Phantombild von Eva zu zeichnen. Es sah furchtbar aus. Eine inzwischen fast sechzigjährige Frau, die ihren ganzen Willen aufbietet, den sechzigjährigen Rudolf zu verführen, um mit ihm die letzten Jahre gemeinsam zu verbringen. Die keinen Augenblick dazu neigt, mit Elsa auch nur den Anflug eines diskreten Mitleids zu empfinden. Elsa, die Rudolf erst sein asketisch-verschwenderisches Leben ermöglicht hat, soll »das Feld räumen«. Langsam ging die Saat des ungeheuerlichen Briefes auf, und um mich davon zu befreien, löschte ich das Bild mit heftigen Strichen aus.

Während ich mit Hingabe diesen vandalistischen Akt ausführte, spürte ich plötzlich, daß ich beobachtet wurde. An der nun wieder fast leeren Bar stand ein jüngerer Mann, der Gefallen an meiner Zeichnung gefunden zu haben schien und sich, als ich aufschaute, mit seinem Glas ungefragt an meinen Tisch setzte. Ein Deutscher, der deutsch sprach. Ein Flüsterer. Sind Sie Maler oder

Dichter oder beides? Beides, sagte ich. Er trug ein Kettchen mit einem goldenen Kreuz um den Hals und ein weiteres Kettchen um das rechte Handgelenk und erzählte mir ungeniert, was er von Deutschland hielt. Der Staat ist der Feind des Kapitals, flüsterte er mit einer Gereiztheit, als hätte ich das Gegenteil behauptet. Er war Vertreter von Fiat in Deutschland, was ihm offenbar das Recht gab, seine Landsleute in Italien zu belästigen. Wenn Rudolf Sie gekannt hätte, sagte ich in sein verdutztes Gesicht, hätte er wenigstens einen Grund gehabt, sich das Leben zu nehmen.

10

Im Institut brannte kein Licht mehr. Wie ein Einbrecher hatte ich unter großen Mühen die schwere Eingangstür aufgeschlossen und einen Spaltbreit geöffnet, um mich mit meiner Reisetasche hindurchzuzwängen. Hat dich auch keiner beobachtet? Ich stellte mir vor, wie eine Polizeistreife, mißtrauisch geworden, mich in die Wohnung begleiten würde, mit entsicherten Pistolen. Vielleicht sollte ich doch in einem Hotel wohnen? Zwei Tage war ich nun schon in dieser Stadt und nichts ging leicht, auf natürliche Weise. Hinter jeder Bewegung lauerte eine Überraschung, jedes Treffen kam einem konspirativen Schachzug gleich. Nur die Trauer hielt meinen Aufenthalt zusammen, sie lag wie ein festes Tuch über all den Ungereimtheiten, die mir zugestoßen waren. Auch die Gepäckaufbewahrung im Turiner Hauptbahnhof hatte ihren Teil dazu beigetragen, mich zu verwirren. Man fand meine Tasche nicht. Mehrere Male war der dunkelhäutige Bahnbeamte achselzuckend an den Tresen zurückgekehrt und hatte mir seine hellen Handinnenflächen entgegengestreckt. Sind Sie sicher, daß Sie Ihren Koffer hier abgegeben haben, hatte er mich wieder und wieder gefragt, und mit zunehmender Routine hatte ich ihn aufgeklärt, daß es sich nicht um einen Koffer, sondern um eine Tasche handele – eine Tasche, verstehen Sie? –, die ich in der Tat an diesem Schalter, wie mein Einlieferungsschein zweifelsfrei belege, abgegeben hatte. Ich hätte, um der fruchtlosen Diskussion ein Ende zu bereiten, ohne jeden Einspruch manchen schönen Koffer in Empfang nehmen können, wozu mich sogar der Taxifahrer, der mir argwöhnisch gefolgt war, ermunterte, weil er es, wie er mehrfach betonte, eilig hatte, zum Abendessen nach Hause zu kommen. Ein schönes Stück, das würde ich nehmen, sagte er zu einem roten Plastikkoffer, den der schwitzende Beamte auf die Ablage gewuchtet hatte, und war schon dabei, nach dem Griff des Ungetüms zu langen. Seltsam, wie einem etwas aufgedrückt wird, wenn die eigenen Dinge nicht zur Hand sind. Der dunkelhäutige Herr der Koffer hätte uns umstandslos gehen lassen, und er hätte später, wie jetzt mir, dem Besitzer des roten Koffers einen blauen aufgedrängt, auch Samsonite, und am Ende seiner Laufbahn hätte er es geschafft, daß alle Menschen, die in Turin auf Durchreise waren, in fremden Kleidern herumlaufen würden.

Erst das plötzliche Auftreten eines höheren Beamten und die von ihm befohlene nochmalige Durchsicht sämtlicher Gepäckstücke hatte zu dem erwünschten Erfolg geführt. Eine Tasche, hatte der freundliche Dunkelhäutige erleichtert gemurmelt, ich dachte, Sie suchen nach einem Koffer. Als nun der Vorgesetzte dem Schalterknecht in herabsetzender Weise Vorhaltungen zu machen begann, um sich bei mir für die Nichtsnutzigkeit seiner ungeschulten Mitarbeiter zu entschuldigen, gab ich dem Schwarzen demonstrativ ein hohes Trinkgeld für seine Bemühungen, was dieser ohne ein Wort des Dankes einstrich. Wahrscheinlich steckten die beiden unter einer Decke.

Ich wollte geräuschlos die Treppe zur Wohnung nehmen, weil ich mich erinnerte, daß Rudolf seine Rückkehr stets so beschrieben hatte. Wenn er, ausgepumpt und deprimiert, von seinen Reisen zurückkam, wollte er sich »geräuschlos wieder einfügen«. Manchmal war er nach der Ankunft zunächst im Bahnhofsrestaurant eingekehrt, um sicher zu sein, daß er im Institut keinen mehr antraf, der ihn begrüßen konnte. Er wollte weder begrüßt noch nach dem Verlauf seiner Reise befragt werden. Schon die Vorstellung, Elsa könnte ihn an der Wohnungstür abfangen und besorgt anschauen, ließ ihn häufig, wie er mir am Telefon mitteilte, zunächst in sein Büro gehen, wo er Mantel und Gepäck ablegte, um dann wie zufällig in der Wohnung zu erscheinen. Abreise und Rückkehr wurden von ihm wie ein Geheimnis gehütet. Er hielt nichts von Rechtfertigungen. Mir war schleierhaft, wie er mit dieser Haltung sein offizielles Leben als Institutsdirektor meistern konnte, weil seine Geheimnistuerei keineswegs im Einklang stand mit den strengen Gepflogenheiten, die das Universitätsleben regelten. Eine schauderhafte Bürokratie, war seine mehrfach geäußerte Meinung, die keine Ausnahmen duldet. Und viel schlimmer als in Deutschland.

Während der Reisen hat er mich oft angerufen, zumeist nach Mitternacht, wenn er in den von ihm bevorzugten schlechten Hotels nicht schlafen konnte. Auch eine seiner merkwürdigen Marotten. Je besser es ihm finanziell ging, in desto schrecklicheren Hotels und Pensionen kehrte er ein. Am liebsten wohnte er in Absteigen in der Nähe der Bahnhöfe, wo sich, wie er meinte, die »Reste« einfanden. Reste mit Lebensgeschichten, Reste von Lebensgeschichten. Er war ein Sammler dieser mündlichen Berichte, die er sich, auf durchgesessenen Plastiksesseln hockend, in den winzigen Foyers der billigen Hotels erzählen ließ. Lange vor 1989 traf er in diesen Etablissements ununterbrochen auf Georgier und Weißrussen und Tschetschenen und Tschuwaschen, die auf Gott weiß welchen unterirdischen Wegen in den Westen gelangt waren, Herren mit Gold im Mund, die umständlich und keineswegs zeitgeizig ihre Odysseen erzählten, ihre phantastischen Armutsballaden voller Trauer und Schmerz und Schalkhaftigkeit. Rudolf trug sich sogar einige Jahre mit dem Gedanken, diese Berichte, die er in seinen Notizbüchern festhielt (und die er das wahre Epos der Moderne nannte), zu veröffentlichen, aber es blieb bei der Ankündigung in einem Interview. Seiner Meinung nach gab es keine andere Literatur, die auf so unmittelbare Weise das Bedeutendste und das Unbedeutendste, das Höchste und das Geringste, das Wichtigste und das Unwichtigste des zwanzigsten Jahrhunderts verklammerte, und nur weil wir dumm und in einem tieferen Sinn verblödet seien, nähmen wir die Geschichten Osteuropas nicht mehr zur Kenntnis, die er als die letzten europäischen Geschichten überhaupt bezeichnete. Oder willst du dein Leben als erzählenswert bezeichnen? fragte er mich, aber auf diese rhetorischen Fragen erwartete er Gottseidank nie eine Antwort.

Ich hatte mich oft gefragt, ob Rudolfs Bevorzugung dieser Absteigen etwas mit seiner Herkunft zu tun hatte, die er sorgfältig im dunkeln hielt. Es geht keinen Menschen etwas an, woher ich komme, wie meine Eltern hießen und ob ich sie gekannt habe, hieß es, wenn man ihn nach seiner Kindheit fragte. Er liebte Mystifizierungen. Während andere ununterbrochen an Literaturfestivals teilnahmen und sich verausgabten, saß er in billigen Hotels und ließ sich erzählen. Und jedes Mal, wenn er dann nachts anrief, schärfte er mir ein, keinem Menschen seinen Aufenthaltsort zu verraten, vor allem nicht Elsa, die unter keinen Umständen wissen durfte, wo und wie sie ihn erreichen konnte. Manchmal bat er mich sogar, Elsa anzurufen und nach ihm zu fragen, um sicher zu sein, daß sie nicht wußte, wo er sich befand. Diese eigentümliche Geheimnistuerei hatte sich unmittelbar nach der Veröffentlichung seines ersten Romans noch verstärkt, als ihn sein Verlag auf eine lange Lesereise durch Deutschland schickte, was nur durch ein Attest eines befreundeten Arztes möglich war, der ihm eine schwere Krankheit andichtete und die Befreiung von sämtlichen Lehrverpflichtungen anordnete. So war er zum ersten Mal in seinem Leben in Städte wie Göttingen, Wolfsburg oder Husum gekommen und hatte in Lüneburg, wo er im Heine-Haus auftrat, übernachtet. In Lüneburg begannen seine nächtlichen Anrufe, die ihm, wie er mir später gestand, oft genug das Leben retteten. Einerseits wollte er unbedingt die Strapazen einer Lesereise auf sich nehmen, andererseits führten diese Reisen, die sich nach jeder Veröffentlichung wiederholten, unweigerlich in die kälteste Depression, in eine totale Vereisung, die ich geduldig mit ihm analysieren mußte. Städte, Menschen, Begegnungen, Zufälligkeiten – alles wurde erzählt und durchgenommen, alles war Auslöser schwärzester Überlegungen. Wie kannst du nur in diesem Deutschland existieren, mit dieser Frage endeten die stockenden Unterhaltungen, in dieser Mittelstandslüge, dieser Ödnis?

Da es mir, alles in allem, recht gut ging und ich geneigt war, trotz aller Kritik gerade die deutsche Provinz und ihren Versuch, ein kulturelles Leben aufrechtzuerhalten, zu verteidigen, mußte ich oft genug erleben, wie Rudolf am Ende dieser nächtlichen Séancen statt der deutschen Städte und ihrer furchtbaren Hotels mich beschimpfte, als sei ich für die Misere, die ihn angeblich umgab, verantwortlich, als hätte ich die scheußlichen Brunnen gebaut und die Fußgängerzonen angeordnet und die

Bäume gefällt, die vor dem Krieg, wie er von alten Postkarten wußte, noch auf den Plätzen vor den Hotels standen. Ich war einmal, weil ein Wochenende bevorstand, eigens nach Lüneburg gefahren, um ihn davor zu bewahren, sich vom Kirchturm zu stürzen, wie es der Baumeister getan hatte, der für den schrägen Kirchturm verantwortlich war, und hatte ihn innerhalb von zwei Tagen wieder für das Leben interessieren können. Du mußt den Mut haben, dich nicht zu entscheiden, mit diesem Satz hatte ich ihn zurück ins Leben und sogar zum Lachen gebracht. Nichts war angenehmer, als mit ihm durch fremde Städte zu gehen und lauthals über die Lächerlichkeiten modernen Bauens zu lästern. Nichts war lustiger, als mit ihm über das Essen in gutbürgerlichen Restaurants zu lachen. Aber nichts war auch trauriger, als ihn, von einem abfahrenden Zug aus, mit hängenden Schultern auf einem Bahnsteig stehen zu sehen, eine Hand, wie mit Gewichten behängt, zu einem halbhohen Gruß erhoben. Die eben noch helle Freude war im Handumdrehen einer bitteren Niedergeschlagenheit gewichen. Ich konnte sicher sein, daß er schon in der kommenden Nacht wieder anrief, um mit seiner trocken-heiseren Stimme die vollkommene Nutzlosigkeit seiner Anwesenheit in dieser verwüsteten Stadt, in der er sich gerade aufhielt, zu beklagen. Aber irgendwie hat er es doch immer wieder geschafft, sämtliche Lesungen mit anschließenden Fragen zu absolvieren, um sich, nach vier Wochen, ausgelaugt und schlapp, wieder geräuschlos in seine tägliche Routine einzufädeln, als sei er gar nicht auf Reisen gewesen.

Danke! Du hast mir das Leben gerettet. Ich besaß mehrere Postkarten mit dieser lakonischen Mitteilung.

Ich ging also geräuschlos die Treppe zu seiner Wohnung hinauf, als wollte ich, ihn nachahmend, etwas von der Verfassung spüren, die ihn bei der Heimkehr von seinen deutschen Exkursionen bedrückt hatte. Mit Deutschland, das hatte bislang für mich festgestanden, hatte er abgeschlossen, nun durfte ich auch daran zweifeln. Und Brandeis? Eva hatte geschrieben, es würde ihr gefallen, wenn er den Ruf nach Brandeis annähme, auch wenn die Begründung allzu durchsichtig war. Eva konnte kaum Italienisch und würde es bei ihrem Phlegma auch nicht mehr lernen, und die Italiener hatten wahrscheinlich auch kein gesteigertes Interesse daran, sich mit Geschlechtsfragen in der Kunstgeschichte herumzuschlagen. Sie haben mit ihrem eigenen Geschlecht zu tun, pflegte Rudolf zu sagen, wenn er auf Evas Studien zu sprechen kam. Nur Hohn und Spott, nie ein gutes Wort über Eva. Und jetzt lag oben, nur noch wenige Treppenstufen entfernt, ein dickes Konvolut von Briefen, die alles, was ich über Rudolf und Eva zu wissen meinte, auf den Kopf stellten.

Ich war zwar nicht nach Turin gekommen, um die Hintergründe von Rudolfs Selbstmord aufzuhellen, aber nun empfand ich – obwohl ich mich dagegen auflehnte – die Verpflichtung, mich um diese Todesursache, um den Tod zu kümmern. In diesem Haus hatte sich vor kurzer Zeit mein bester Freund entleibt; er war noch vor nicht einmal zwei Wochen auf dieser Treppe gestanden und hatte überlegt, wie er aus dem Leben scheiden sollte. Hatte er mit Elsa darüber gesprochen, mit Marta – oder mit Eva?

Ich war mir ganz sicher, bei meinem Weggang die Wohnungstür abgeschlossen zu haben, jetzt mußte ich nur den Schnapper bedienen, um die Tür aufzusperren. Wieder mußte ich beim Anblick der Visitenkarte lächeln, die noch aus der Berliner Zeit stammte und als Namensschild diente. Die Adresse war mit Bleistift durchgestrichen, aber noch deutlich zu lesen. Es war meine letzte Adresse in der Stadt, Berlin-Zehlendorf, Ahornstraße 4. Rudolf hatte sich aus Gründen, die mir entfallen sind, nach dem Erhalt seines Stipendiums sofort Visitenkarten drucken lassen, die er zu Anfang auch generös zu verteilen pflegte. Keiner seiner Freunde – und ich schon gar nicht – besaß Visitenkarten, die damals als spießig galten. Er dagegen wollte unbedingt seinen Namen auf den weißen Kärtchen sehen, als läge darin eine tiefere Bedeutung, und die Schrift mußte erhaben sein, so daß er, wenn er eine der Karten in Umlauf brachte, seinen Namen auch spüren konnte.

In einem der Zimmer brannte Licht, das ein matt erleuchtetes schräges Viereck in den Flur warf. Ein friedliches Licht. Ein Licht weniger zum Arbeiten als zum Meditieren. Jemand wartete auf mich, schoß es mir durch den Kopf, und noch bevor ich das Zimmer aufsuchen konnte, hörte ich ein wimmerndes Geräusch, das von einem Seufzer beendet wurde. Nein, nicht Elsa, wie ich zunächst vermutete, sondern Marta saß zusammengesunken und mit fahlem Gesicht an meinem Arbeitsplatz und weinte. Sie hatte beide Arme aufgestützt und hielt den Kopf in den Händen, ein klassisches Bild. Ich verharrte zunächst, im Mantel und mit der Reisetasche in der Hand, unter der Zimmertür, weil ich noch unschlüssig war, ob ich ihre Anwesenheit und ihren gewiß beklagenswerten Zustand nicht doch als Nötigung auffassen sollte, als unzulässigen Eingriff in meinen Bereich, denn es gab ja andere Orte in dieser Stadt, wo sie ihrer Trauer freien Lauf lassen konnte. Sie sollte sich nicht in dieser Wohnung aufhalten und schon gar nicht vor mir so gehenlassen. Was mich aber am meisten irritierte, war die Ängstlichkeit, mit der sie mich anstarrte, denn bislang war mir an ihr ja nur der Mangel an Ängstlichkeit aufgefallen, die vollständige Abwesenheit jedes einschränkenden, zurückschreckenden Zuges an ihr. Durch den Umstand, daß Elsa im Krankenhaus festgehalten wurde, konnte sich dieser unangenehme Eindruck, den Marta von Anfang an auf mich gemacht hatte, schnell ausbreiten und meinen Blick auf sie bestimmen. Sie benahm sich wie die eigentliche Witwe. War sie verheiratet? Ich versuchte, mich an unser Gespräch am Vorabend zu erinnern, aber davon war nicht viel übriggeblieben. Und jetzt also eine tränennasse Marta, ein Häufchen Elend. Es mußte etwas vorgefallen sein, anders war dieser Umschwung nicht zu erklären.

Was ist passiert? fragte ich.

Als hätte mein plötzliches Erscheinen ihr deutlich gemacht, daß sie sich über eine selbst gesetzte Grenze hinwegbewegt hatte, nahm sie die Hände vom Kopf, richtete sich kerzengerade auf und sagte in dem beiläufigen Ton, den ich von ihr gewohnt war: Cesare ist tot.

Ich kann nicht sagen, was an diesem Bild der trauernden Frau mich zu Tränen rührte, aber ich spürte, wie mir das Wasser aus den Augen lief. Cesare war tot, das war schlimm genug, eine entsetzliche Katastrophe, weil er ganz offensichtlich unter Rudolfs Abwesenheit, und das hieß: unter der Abwesenheit seiner Zuneigung, gelitten hatte. Rudolf hatte diesen häßlichen Hund geliebt, dieses unendlich häßliche Wesen, das jeder Vorstellung von Schönheit spottete. Cesare war im Alter so unförmig und unansehnlich geworden, daß auch der mitfühlende Blick eines Außenstehenden nicht mehr die Vollkommenheit ahnen konnte, die ihn früher vielleicht einmal ausgezeichnet hatte. Ein sabberndes Wrack. Aber kein Telefongespräch, in dem nicht erwähnt wurde, wie es Cesare ging, mit welcher rührenden Anhänglichkeit er sich erhob, um Rudolf zu begrüßen, wenn er die Dachterrasse betrat. Während alle menschlichen Wesen nur auf der Welt zu sein schienen, um Rudolf zu stören und seine Arbeit zu behindern, wenn nicht sogar zu verhindern, war Cesare derjenige, der ihn am Leben hielt. Sie verstanden sich. Rudolf war fest davon überzeugt, daß der Hund ihn verstand, und eine seiner besten Erzählungen war ein Gespräch mit einem Hund, das Cesare gewidmet war. Ich erinnerte mich, wie Rudolf mir vorgeschlagen hatte, mit ihm zusammen eine Anthologie sprechender Hunde zusammenzustellen, weil ich ihm immer wieder Texte dieser Art zugeschickt hatte, von Svevo bis zu Flaiano, die er in einer eigens angelegten Mappe sammelte. Du bist für die Tiere zuständig, ich schreibe das Nachwort, hatte er gesagt, aber zu diesem Hundebuch ist es ebensowenig gekommen wie zu der Maulwurf-Anthologie, die er mit seinen Berliner Freunden Wolf Lepenies und Henning Ritter geplant hatte. Irgendwo in dieser Trauerwohnung mußten, weil Rudolf grundsätzlich nichts wegwarf, die Ordner stehen, in denen er die Dokumente der unterirdischen Gänge des »weichen Wühlers« aufbewahrt hatte, von Plinius über Hegel bis in unsere Zeit. Der blinde Maulwurf.

Etwas hatte sich geändert.

Ich stellte meine Tasche ab, zog den Mantel aus, ging zu Marta und umarmte sie. Bis auf die zwei Sätze – Was ist passiert? Cesare ist tot – war kein Wort gefallen. Sie ließ sich diese Umarmung nicht nur gefallen, sondern erwiderte sie mit einer Heftigkeit, die meine eigene Traurigkeit noch steigerte. Wie zwei doppelt Verlassene standen wir weinend neben meinem Arbeitstisch, auf dem Marta einige Fotos von Rudolf und Cesare ausgebreitet hatte, Fotos von zwei Toten, und versanken in einem Schmerz, der wie in Wellen durch uns hindurchging. Es war erleichternd, sich dem Schmerz ganz zu überlassen. Endlich kam zum Vorschein und floß aus mir heraus, was sich seit der Nachricht von Rudolfs Tod in mir aufgestaut und bislang keinen Ausweg gefunden hatte. Der unentschiedene, halb verdrossene, halb sich auflehnende Geisteszustand war wie verflogen und hatte einer nachgiebigen Weichheit Platz gemacht, die alles Feste, Kantige, Herausfordernde mit einem Schlag aufgefressen hatte. Wie knochenlos fühlte sich mein Körper an.

Es dauerte lange, bis ich mich wieder zurechtgefunden hatte.

Spät und nicht ohne Anstrengung lösten wir uns voneinander. Es war schon zehn Uhr vorbei, und ich wollte und mußte mit der Arbeit beginnen, nicht einmal der Tod von Cesare durfte mich davon abhalten, das Geheimnis der grauen Kästen zu lüften. Aber da die von der langen Umarmung wie belämmert und zerknautscht wirkende Marta nun einmal als Witwe vor mir stand, konnte ich mich nicht zurückhalten, sie nun brutal und ohne jede Umschweife nach der Rolle Evas in diesem Haushalt zu fragen. Ich hätte es besser bleibenlassen sollen.

Eva? Eine Hure, die uns das Leben vergällt hat.

Uns?

Keine direkte Antwort. Was folgte, war ein wirres Reden, das sich auch durch geduldiges Zuhören nicht ordnen ließ. Aber auch eine durchgehaltene Wirrnis kann Form sein. Ich hatte jedenfalls den Eindruck, daß mich Marta mit all den abgebrochenen Sätzen, den pathetischen Ausrufen und weitausholenden Armbewegungen, mit ihrer Rhetorik des Ungeordneten planvoll hinters Licht führen wollte. Hier sprach eine Witwe, die nicht zugeben wollte, eine zu sein, über eine andere Witwe, die offenbar mehr Recht hatte, sich als solche zu fühlen, während die eigentliche Witwe im Spital versorgt werden mußte. Ich wußte nicht, was sie mir auftischen wollte, so eigenartig sprunghaft war ihre Rede. Voraussehen ließ sich allenfalls, daß sie ihren ungesunden Haß noch steigern würde. Hier entlud sich ein lange unentschlossen hinter Wolkenmauern wartendes Gewitter mit Blitz und Donner. Da sie ihrer pathetischen Empörung nach der ersten Erregung einen objektiven Anstrich geben mußte, warf sie Eva schließlich vor, der eigentliche Grund für die Nichtvollendung von Rudolfs Roman gewesen zu sein. Ihre Unruhe, ihr ständiges Drängen, ihre hysterischen Anrufe, aber auch ihre gnadenlose Kritik an den bereits fertiggestellten Teilen des Buches, die Rudolf selber ja nur als Fragmente bezeichnet hatte, als Skizzen, hätten ihn immer wieder auf den Nullpunkt zurückgeworfen. Sie bewahre, sagte sie, unten in ihrem Büro die von Eva mit Rotstift verwüsteten Seiten auf, die diese an Rudolf zurückgesandt hatte, aus denen zweifelsfrei hervorginge, daß sie von der Struktur und Bedeutung des Werks keine blasse Ahnung gehabt hätte.

Ich verzichtete darauf zu fragen, wie sie, ohne ausreichende Deutschkenntnisse, zu einer so gravierenden Beschuldigung kommen konnte, weil mir eine vernünftige Diskussion nach diesem Ausbruch zwecklos erschien. Mich bedrückte vielmehr die offensichtliche Tatsache, daß Eva überhaupt eine Rolle im Leben von Rudolf gespielt hatte, weil nun die andere Ahnung sich nicht mehr zurückdrängen ließ, daß sie womöglich auch an seinem Tod nicht ganz unschuldig war.

Ich war so tief in diesen Moment des Verdachts versunken, daß ich die Anwesenheit Martas vergessen hatte, die sich nun wieder bemerkbar machte. Verheult und kraftlos wie sie war, ließ sie ihre Kleidungsstücke vor meinen Augen von ihrem Körper gleiten und zur Erde fallen (wo sie sie liegen ließ). Wortlos kroch sie unter die Bettdecke, die sie bis zur Stirn hochzog, so daß nur ein medusenhafter Haarkranz auf dem Kopfkissen von ihrer Gegenwart zeugte. Kein Wort. Gelegentlich hörte ich noch einen langen gedämpften Seufzer, und bald darauf ein gleichmäßiges Atmen. Um sie nach dem Schock, den sie zweifellos durch den Tod von Cesare erlitten hatte, nicht zu stören, nahm ich vorsichtig den Karton mit Evas Briefen vom Stapel und verdrückte mich in die Küche, um mich allein und in aller Ruhe dem Strudel der Ungewißheiten auszusetzen.

Evas Briefe lagen immer noch obenauf! Also hatte Marta in meiner Abwesenheit keine Eingriffe vorgenommen. Warum aber hatte Rudolf, der doch angeblich diese grauen Kartons als seinen Nachlaß zu Lebzeiten selbst gefüllt hatte, die Briefe von Eva nicht weggeschmissen? Egal, in welchem Verhältnis er zu Eva stand – und in dieser Hinsicht mußte ich eine schlimme Abhängigkeit befürchten –, es ging doch keinen Menschen etwas an, welche unerträglichen Schwüre sie gewechselt hatten. Oder war Eva bereits ein Teil seines Werks geworden, ein Kapitel, ein roter Faden? Hatte er den Briefmist nur deshalb nicht entsorgt, weil er sichergehen wollte, daß er eines Tages das Licht der Welt erblickt?

Liebster, so begannen die Briefe, und immer folgte ein Dank für Rudolfs Botschaften, die offenbar im Abstand von wenigen Tagen abgesandt worden waren. Er mußte ihr eine nahezu lückenlose Beschreibung seines täglichen Lebens, seines geheimnislosen Elends geschickt haben, denn Eva ging in ihrer pedantischen, engherzigen Art auf alles ein: Universitätsprobleme, Elsa, sein Schreiben, die Tiere, politische Fragen. Manchmal klangen ihre Briefe wie die Beschreibung eines Kindes in den Zeugnissen der Volksschule: Er hat sich gut betragen, gelegentlich geschlafen, manchmal gestört, aber insgesamt ist er ein lieber Junge, der es zwar nicht weit, aber doch ein Stück voranbringen wird. Seite um Seite. Und dann las ich den Satz: »Vielleicht solltest Du Dich von Cesare trennen«, schrieb sie ihm, »weil Du seinen Tod in Deiner Gegenwart nicht verwinden würdest.« Verwinden! Ich spürte, wie meine Erregung beim Lesen der Briefe in Haß überging. Nichts macht einsamer als der Haß. Je stärker dieses Gefühl wurde, desto verlorener kam ich mir vor. Wie konnte sie es wagen, Rudolf derartig skandalöse Ratschläge zu geben? Ein tantenhafter, besserwisserischer Stil. Und nie der leiseste Zweifel, nie ein Anflug von Bescheidenheit, nie ein Aufflackern von Angst. Sie muß sich ihrer Sache vollkommen sicher gewesen sein.

Je länger ich las, desto übler wurde mir. Rudolf, der große Schriftsteller des Abstiegs und des Abschieds, mußte, wenn ich das Echo, das er in den Briefen Evas hinterlassen hatte, richtig las und deutete, entweder ein perfides Spiel, ein Illusionstheater aufgeführt haben, um seine nachlassenden magischen Fähigkeiten zu erneuern, oder er hatte sich, um der wachsenden Traurigkeit, die ihm in den letzten Jahren zusetzte, zu entgehen, Eva tatsächlich als Rettungsanker ausgesucht. Es sprach viel für die erste Annahme. Rudolf hatte sich immer mehr zu einem freudlosen Spieler entwickelt, der die Tatsache seines Scheiterns, die Unmöglichkeit, sein »Testament« abzuschließen, mit immer neuen Tricks zu überlisten versuchte. Er sprach, wenn wir nachts telefonierten, von dem Friedhof der Worte, der sich um ihn herum ausdehnte, »beileibe kein Gottesacker«, geordnet und gefügt, sondern ein ordinärer Friedhof, auf dem all die gängigen, ausgelaugten, verdorbenen Worte herumlägen, ein Friedhof der Belanglosigkeiten. Wer aus diesem Abfall noch ein Werk zusammenflickt, der muß, hatte er wieder und wieder behauptet, entweder ein naiver Narr sein oder ein Hochstapler. Und was machst du nun, nach dieser Einsicht? hatte ich zurückgefragt. Ich bitte um Gnade, hatte Rudolf geantwortet, eine dieser Floskeln, der er sein bitteres Lachen hinterherzuschicken pflegte.

Es war schon weit nach Mitternacht, als ich beim Lesen auf mich selber stieß. Zu lange hatte ich den künstlichen falschen Erdbeben nachgehorcht, die Eva für Rudolf in ihrer Seele aufführte, zu oft hatte ich gelesen, mit welcher Inbrunst sie das Register ihrer Mängel darlegte, um drei Tage später hören zu dürfen, daß er sie trotzdem liebe, zu tief war ich angeekelt von ihrem Versuch, sich klein zu machen, damit er sich zu ihr hinabbeuge, daß ich zunächst gar nicht begriff, daß ich gemeint war. Aber sie sprach von mir, und ich war offenbar ein Problem. Sie wisse nicht genau, schrieb sie, wie sie mit mir, dem Problem, umgehen solle. »Wahrscheinlich hält er zu Elsa, um mir eins auszuwischen. Und natürlich muß er unsere

Verbindung als Angriff gegen eure Freundschaft ansehen. Er ist mir ja jahrelang mit hängender Zunge nachgeschlichen, und hätte ich ihn nur einmal ermutigt, hätte ich ihn, wie Du, für immer und ewig am Hals gehabt. Vor langer Zeit, in seinem römischen Jahr, hat er mich auf seine täppische und unmännliche Weise (unter Tränen!) angefleht, bei ihm zu bleiben, und weil es so eisig kalt war in jenem Winter, wäre ich um ein Haar seinem Werben gefolgt. Er konnte mit seiner ungelenken Hilflosigkeit ein Klima schaffen, in dem meine mütterlichen Gefühle aufblühten, aber Gottseidank waren meine Instinkte schon damals so ausgeprägt, daß ich ihm nicht auf den Leim gegangen bin. Du mußt es ihm sagen! Und Du mußt es ihm so deutlich sagen, daß es ihm wirklich die Sprache verschlägt. Ich bin, Du weißt es, der Überzeugung, daß sein falscher Enthusiasmus äußerst schädlich für Dich ist.«

Rudolf hatte mit dem Bleistift ein Fragezeichen an den Rand gemalt, wenigstens das, ein fragiles, schüchternes Fragezeichen stand gegen die skandalösen Entgleisungen, die Satz um Satz unsere Freundschaft unterhöhlen wollten. Der Brief fand kein Ende. Auch Rudolf mußte gespürt haben, daß hier ein unstatthafter Versuch unternommen worden war, ihn, Rudolf, zu entmachten, denn auf den folgenden Seiten, auf denen in der übelsten Weise das Porträt von mir vervollständigt wurde, häuften sich die Anstreichungen, Ausrufe- und Fragezeichen, und einmal, als sich Eva in den aberwitzigsten Spekulationen über meinen schlechten Charakter verliert, hatte er an den Rand notiert: Hysterische Ziege. Der durch nichts gerechtfertigte Hochmut und die Herzensdürre, vor allem aber der perfide Versuch, mich aus seinem Leben zu stoßen, waren ekelhaft. Andererseits hatte er auch auf diesen Mordversuch wieder geantwortet, wie aus dem nächsten Brief Evas hervorging, und offenbar hatte er seine Argumente so zaghaft vorgebracht, daß sie ihm schreiben konnte, es sei ihr schleierhaft, wie er auf meine unseligen Manöver hereinfallen könne, auf mein »possenreißerisches Maskenspiel«, das ja nur den einzigen Grund habe, ihm zu schmeicheln, um in seiner Nähe geduldet zu werden. Es sei eine für ihn, Rudolf, unsinnige Kräftevergeudung, schrieb sie, mich »noch länger am Hofe Deiner Einbildungskraft« als Hanswurst zu dulden. Im Namen der »gemeinsam verbrachten Jahre« wäre es nun geboten, einen Schlußstrich zu ziehen, »die Fesseln, die er Dir anlegt«, zu sprengen, um in Ruhe und größerer Gelassenheit an die Vollendung seines Werks zu denken. Würde ich noch länger die »moralische Aufsichtsperson« über sein Werk bleiben, könne er, Rudolf, die Fertigstellung seines Buches »in die Sterne schreiben«.

Es war mir unmöglich, das Konvolut der Briefe zu Ende zu lesen. Manchmal schaute ich auf vom Küchentisch und den verletzenden Papieren, dann wieder zogen mich die Invektiven mit einer selbstmörderischen Gewalt an, als sei in ihnen eine wenn auch vernichtende Wahrheit verborgen. Es war zum Heulen. Einige Male war ich versucht, Eva anzurufen und sie zur Rede zu stellen, aber ich fühlte mich zu schwach, um gelassen und ruhig die notwendigen Fragen zu stellen. Mein Vorrat an Mitleid und Gleichgültigkeit war erschöpft, ich wollte weder verstehen noch deuten. Ich wollte nicht einmal reden, Worte verlieren.

Deshalb war ich erleichtert, als Marta plötzlich in der Küche erschien, eine verschlafene, von Kummer zerfressene Marta, die wie eine gepeinigte Heilige in der Tür stehen blieb und sagte, ich solle endlich Schluß machen. Schluß machen, der Ausdruck fuhr mir in die Glieder. Benommen erhob ich mich, warf die Briefe zurück in den Karton und folgte ihr durch die dunkle Wohnung in mein Arbeitszimmer.

11

Ich kam mit der Arbeit voran, jedenfalls bildete ich mir dies ein. Sie verschaffte mir sogar manches blitzhaft aufscheinende Vergnügen, wenn ich am Ende einer Passage durch belanglosen Abfall mit einem Fund belohnt wurde, mit etwas Unverhofftem. Und ich genoß das Alleinsein, auch wenn es mir unbekömmlich war, wie ich mir insgeheim eingestehen mußte.

Am frühen Morgen, nachdem Marta endlich das Bett verlassen hatte, waren wir auf die Terrasse gestiegen und hatten Cesare in eines der Lieblingslaken von Rudolf eingeschlagen, ein blaues Seidenstück. Die Hühner gingen in dem pastoralen Arkadien mit schräggestellten Köpfen sorgenvoll um uns herum, als wir den schweren Körper bis zur Tür schleiften und ihn dann erst mal in der Wohnung ablegten. Wer weiß, wer jetzt, bis zur Auflösung dieser idyllischen Kommune, die Herrschaft auf der Terrasse übernehmen würde, der Hahn rechnete sich offenbar einen Vorteil aus. Aber wie kann ein Hahn oder ein Zwerghase König sein? Zu wenig Masse, zu viel Fell und Gefieder. Kann man sich ein Gemeinwesen vorstellen, in dem eine Schildkröte auf dem Thron sitzt? Ja. Es gibt keinen Untertan, der ihr schmeichelt, und sie hat zu viel gesehen, um sich noch von den Hofschranzen beeindrucken zu lassen.

Schon während des Frühstücks kamen zwei verläßlich aussehende Herren von der Abdeckerei, die argwöhnisch das Seidenlaken studierten. Tatsächlich mußte ich den teuren Stoff, den Marta mit allerlei bunten Bändern verschnürt hatte, wieder auseinanderfalten, damit die Abholer sich mit eigenen Augen von dem toten Tier überzeugen konnten. Sie können uns ja sonstwas andrehen, lautete ihre Begründung, die Begabung der Hellsichtigkeit ging ihnen jedenfalls ab. Ungerührtheit vor allem Toten, das war die Bedingung ihrer Tätigkeit. Ein letzter Blick auf Cesare, der sogar noch im Tod die traurige Gewohnheit hatte, sich schwerer als nötig zu machen. Den Abdeckern war die Mühe anzusehen, mit der sie den Leichnam schulterten und die große Treppe hinunterschafften. Einige Studenten, die schon zu dieser frühen Stunde nichts anderes zu tun hatten, als sich im Treppenhaus rauchend zu unterhalten, blickten erstaunt der seltsamen Prozession nach. Schon wieder ein Toter? schienen sie sich zu fragen, offenbar studierten sie in einem Totenhaus. Wann würde es sie selber treffen? Ich wollte wetten, daß das Seidenlaken nach einem kurzen Besuch in einer Reinigung heute abend das Bett eines der Abdecker zieren würde, hielt aber den Mund. Armer alter Cesare. Mit einem dumpfen Klatschen landete er in dem Auto der beiden Männer, Marta quittierte die Abholung, ich drückte dem Fahrer einen Geldschein in die Hand, dann fuhren sie mit ihrer traurigen Last davon.

Marta ging sofort in ihr Büro, ich ging verwirrt in die Wohnung nach oben und begann ohne weiteren Aufschub mit der Arbeit. Rasch hatte ich Evas Briefe aus dem Haufen der Schriftstücke entfernt und in meiner Reisetasche unter den Hemden verstaut, damit sie um Himmels willen nie in irgendein Archiv wandern konnten. Diese Episode mußte aus Rudolfs Leben eliminiert werden, das war ich unserer Freundschaft schuldig. Gottlob verfügte meine Tasche über ein solides Schloß, denn ich war mir sicher, daß Marta in meiner Abwesenheit mein gesamtes Gepäck durchsuchen würde. Wenn ich über die Seltsamkeit meines Vorgehens nachdachte, über den Leichtsinn, mit dem ich das Leben meines toten Freundes umzuschreiben begann, überfiel mich wie eine Lawine das Grauen. Aber dieser Zustand dauerte nur eine kurze Zeit, dann kehrte die Kaltblütigkeit des Fälschers zurück.

Den Rest der Papiere legte ich nach flüchtiger Durchsicht zurück in den Karton, obschon sich doch auch einige Dokumente darunter befanden, die über die dunklen Seiten Rudolfs Auskunft gaben. Nach welcher Systematik sie ausgerechnet zusammen mit Evas Briefen in den Nachlaß kommen sollten, entzog sich meiner Vorstellung. Unter anderem erfuhr ich hier zum ersten Mal, daß Rudolf unter einem italienischen Pseudonym (Ettore Totti) nicht nur Features über Italien geschrieben hatte, sondern auch Autor mehrerer Hörspiele war, die bis vor kurzem sogar noch als Wiederholung gesendet worden waren. Wieder hatte Rudolf beschwörende Briefe (in diesem Fall an den Redakteur des Südwestfunks) geschrieben, sein Pseudonym auf keinen Fall zu lüften, eher würde er auf die Sendung und sein Honorar verzichten. Sie verstehen mich sicher richtig, hatte er geschrieben, ich kann gut und gerne auf Ruhm und Geld verzichten, wenn nur meine Anonymität gewahrt bleibt. Andererseits hatte er in vorangegangenen Briefen über die Kärglichkeit des Honorars zuerst gespottet und dann, mit einem schönen Verweis auf Gottfried Benns »Summa Summarum«, geklagt, der Rundfunk, diese letzte feste Einnahmequelle für freie Autoren, lasse ihn nun im Stich. Ich notierte mir sorgfältig die Titel der beiden Hörspiele und die seltsamen Namen der angeblichen

Übersetzer, die geradezu nach Pseudonym rochen, weil ich plötzlich sicher war, mit der Zeit auf ein weit verästeltes unterirdisches Werk zu stoßen. Dies war nur der Anfang.

Schrieb Rudolf aus Raffgier, weil er die Worte nicht in Ruhe lassen konnte?

Noch seltsamer lag der Fall bei seinen Arbeiten für den Bayerischen Rundfunk, die allesamt unter dem Pseudonym Giuseppe Schulz gesendet worden waren, immerhin siebenundvierzig Stücke, vom Umfang her ein ganzes Buch über Italien und sicher eines der kritischsten überhaupt. Warum er, der immer über Zeitnot klagte, sich der Tortur unterzog, fünfzehn hellsichtige Seiten über das komplizierte italienische Parteiensystem zu verfassen, wurde mir klar, als ich die Korrespondenz mit dem Bayerischen Rundfunk zu Ende gelesen hatte: Rudolf brauchte Geld. Das Honorar ging, »wie üblich«, auf das »Ihnen bekannte Konto in Regensburg«. Warum Regensburg? Entweder wollte Rudolf, was mir ziemlich naiv vorkam, das Geld an der Steuer vorbeimogeln, oder er wollte es, was wahrscheinlicher war, vor Elsa geheimhalten. Da ich selbst aus Mangel an zusätzlichen Einnahmen noch nie etwas mit der Steuer zu tun hatte, mußte ich auch die Lösung dieses Problems auf später verschieben. Ausgerechnet Regensburg. Ich wußte, daß Rudolf gelegentlich in Regensburg gelesen hatte, und er hatte über die Stadt und besonders über den Buchhändler dort nur Gutes erzählt, aber weder wußte ich etwas von einem Antiquar noch sonst einem Geschäft, das die Einrichtung eines Kontos gerechtfertigt hätte. Bevor ich mich weiteren Spekulationen über Rudolfs mögliches Doppelleben hingeben wollte, verschloß ich den Karton wieder und beklebte ihn mit einem Zettel, aus dem der Inhalt hervorging. Wenn Rudolf tatsächlich selber diese Kartons gefüllt hatte, was mir immer unwahrscheinlicher vorkam, dann wollte er vielleicht absichtlich seine Heimlichkeiten zusammenführen, aber warum wollte er, daß die Nachwelt von diesen Heimlichkeiten erfuhr? Warum hat er Evas Briefe nicht einfach verbrannt und der Sparkasse in Regensburg den Auftrag gegeben, das Geld auf Elsas (oder Martas?) Konto zu überweisen. Wenn er, wie sie behauptete, Elsa gebeten hatte, mich (im Falle seines plötzlichen Ablebens) zum Nachlaßverwalter zu bestimmen, dann wollte er, daß ich von diesen vielen Doppelleben wußte. Er wollte, daß ich von Evas perfiden Anschlägen erfuhr. Aber welche Konsequenz hatte er sich ausgemalt? Sollte ich seine Biographie schreiben?

Der nächste Kasten enthielt mehrere Mappen mit Notizen und Entwürfen zu seinem zweiten Roman, alles auf Zetteln notiert, auf Rändern von Zeitungen und sogar auf den Rückseiten von Hausarbeiten seiner Studenten, die auf die Rückgabe ihrer Anstrengungen wahrscheinlich noch heute warteten. Ich erkannte die Texte sofort, es würde ein leichtes sein, sie den Kapiteln des Romans zuzuordnen, zumal sich in dem Karton auch noch die beiden ersten Fassungen des Romans befanden, die handschriftliche und die erste Maschinenschrift, die von Zusätzen mehr oder weniger zugeschrieben war. Es mußte also noch einen Karton mit der zweiten Fassung und schließlich der Druckvorlage geben, denn Rudolf hatte, wie ich von ihm wußte, von jedem seiner vier Romane vier Fassungen hergestellt und zum Leidwesen seines Verlages sogar sowohl die Fahnen wie den Seitenumbruch noch einmal vollständig durchkorrigiert, so daß von jedem der schmalen Bücher in verschiedenen Fassungen insgesamt rund tausend Seiten existierten, die sich erheblich voneinander unterschieden. Eine schöne und spannende Arbeit für Studenten, diese Seiten übereinander zu legen und vergleichende Studien zu erarbeiten: »Wie entsteht ein Roman?«

Was mein Interesse allerdings stärker beanspruchte und mich zunehmend in Verwirrung setzte, war ein billiges, in feste blaue Pappe gebundenes Notizbuch, auf das Rudolf mit einem Filzstift »Quellen« geschrieben hatte. Es hatte ein Alphabet an der Seite, war aber sonst nicht wie ein Adreßbuch aufgemacht, wahrscheinlich taiwanesischer Herkunft, jedenfalls nicht von Herlitz, der von Rudolf bevorzugten Firma. Oft hatte er mich am Telefon dringend gebeten, ihm weitere Herlitz-Hefte zu schikken, grüne und rote, weil er Angst hatte, daß nach einem seiner Schreibanfälle die Vorräte nicht ausreichen würden. Die roten Hefte waren für die Handlung, die grünen verwendete er als Ideenspeicher. Aus Angst, ihm einmal mitteilen zu müssen, daß die grünen oder roten Hefte aufgrund von Lieferschwierigkeiten kurzfristig nicht zu haben wären, hatte ich zu Hause selbst einen kleinen Vorrat angelegt, den ich bei Bedarf stets auffrischte. Es gab Jahre, in denen er mit winziger Schrift bis zu fünfzig Herlitz-Hefte vollschrieb. Mein Gedächtnis, lautete sein Kommentar. Tatsächlich war es oft vorgekommen, daß er mitten in einem Telefongespräch den Hörer beiseite legte, um in seinen Heften eine bestimmte Aussage zu verifizieren. Ich kann dir genau sagen, was du damals gesagt hast, mein Gedächtnis läßt mich nicht im Stich, rief er dann triumphierend in den Hörer, wenn er die Stelle gefunden hatte.

Das taiwanesische »Quellen«-Heft gehörte also nicht

zu den gesammelten Herlitz-Werken, die er gelegentlich auch das Herlitz-Verzeichnis nannte. Es enthielt nichts anderes als Zitate von Adorno und Alain über Blanchot, Bachelard, Benn und Cioran, Chateaubriand, Céline bis zu Zenon, Zürn und Ziolkowski. Alle Zitate waren genauestens nachgewiesen, und bei denen, die er selbst übersetzt hatte (z.B. Bachelard), war das Original beigefügt. Eigenartig, dachte ich, warum hat er die Zitate nicht nach Themen geordnet?

Da es Mittag geworden war und ich trotz der alles andere als beruhigenden Entdeckungen Hunger verspürte (und in der Küche außer einem alten Hörnchen und etwas Reis nichts Eßbares finden konnte), wollte ich mich gerade auf den Weg machen, als die auch telepathisch offenbar hochbegabte Marta mit dem Gesicht einer Erinnye die Wohnung betrat. Sie umarmte mich flüchtig, sagte fast nichts und ging dann ebenso flüchtig und wie nebenbei den Inhalt des Kastens auf meinem Schreibtisch durch, eine Kommissarin, die einen Kontrollgang machte, später würde sie die Schergen kommen lassen und sich das nach ihrem Gusto ausfallende Geständnis holen. Gottseidank steckte das Quellen-Heft bereits in meiner Jackentasche.

Marta hatte die Post bei sich, die wohl grundsätzlich nur unten im Institut abgegeben wurde, legte die aus Deutschland kommenden Briefe auf den Schreibtisch (die italienischen Briefe, also wohl auch die an Elsa gerichteten, wollte sie, wie sie sagte, selbst beantworten) und setzte sich auf den Stuhl am Fenster, um im Hellen mit den Zähnen die Finger ihrer linken Hand zu bearbeiten. Mir war schon in der Nacht aufgefallen, daß sie mit den Zähnen knirschte, ein mahlendes Geräusch, als wollte sie ihre Träume in einem Mörser kleinkriegen. Ich hatte ihr einfach die Hand über den Mund gelegt, was nach einem gurgelnden Röcheln kurzfristig Ruhe brachte. Nun waren die Krallen dran. Zähne und Krallen. Ohne sich im mindesten um meine Anwesenheit zu scheren, auch ohne Scham, biß und zupfte sie wortlos mit entblößten Zähnen an den Fingern herum, und immer wenn es ihr gelungen war, eines der Häutchen abzureißen, spuckte sie es mit gespitzten Lippen ungeniert auf den Boden. Dann prüfte sie ihr Werk, speichelte den nächsten Finger ein und fuhr mit dem heiklen Abreißen fort, bis sie alle fünf Nägel in eine ihr angenehme Form gebracht hatte. Kurzes Abwischen an der hagebuttenroten Bluse, eine letzte Draufsicht, das Werk war getan. Es blieb ein Rätsel, woher sie die Bluse hatte, denn am Abend zuvor hatte sie ein marineblaues Hemd getragen, auf dem ihre über Cesare vergossenen Tränen dunkle Flecken gebildet hatten. Wohnte sie um die Ecke oder hatte sie in ihrem Büro eine Kleiderkammer, um für alle Fälle gerüstet zu sein? Auf jeden Fall hatte sie Sinn für Farben.

Willst du etwas essen? fragte sie.

Da einerseits am Abend nach der Gedenkveranstaltung für Rudolf (um 19 Uhr, die Einladung des Präsidenten lag in meiner Post) ein offizielles Essen für wenige geladene Gäste angesetzt war (gegen 21 Uhr) und ich andererseits um alles in der Welt verhindern wollte, daß Marta mir jetzt Gesellschaft leistete, log ich: Ich habe keinen Hunger und will weiterarbeiten, obwohl ich instinktiv wußte, daß ich für diese von ihr sofort durchschaute Lüge mit Sanktionen rechnen mußte. Du hast Hunger, man sieht es dir an, sagte sie lachend, aber wenn du unbedingt hungern willst, dann sollst du eben hungern.

Man schlägt ein Angebot von Marta nicht ungestraft aus.

Nimmst du mich später zu dem Essen mit? fragte sie nun lauernd, und ich begann sofort in der Post nach der Einladung zu suchen. Sie hatte den Brief, der korrekt an mich gerichtet war, c/o Rudolf, bereits geöffnet, so daß sie eigentlich wissen mußte, daß ich auf diese persönlich ausgesprochene Einladung hin nicht mit ihr zusammen aufkreuzen konnte.

Du bist, wie Rudolfo gesagt hätte, ein Spießer. Er jedenfalls hätte sofort im Präsidialamt angerufen, um meine Einladung durchzusetzen. Wie willst du dich überhaupt mit den Damen der Turiner Universität, die sich ausschließlich über Probleme der Universität unterhalten, verständigen? Du kannst mich als Dolmetscherin mitnehmen, sagte sie, wenn dir kein besserer Grund einfällt.

Marta, sagte ich, es gibt viele gute Gründe, mit dir essen zu gehen, aber zu dieser Einladung kann ich dich nicht mitnehmen.

Ich merkte, wie ich weich wurde, und ahnte, daß sie nach der Gedenkveranstaltung wieder an meinem Arm hängen würde, aber jetzt, in diesem Moment, wollte ich sie loswerden, um den Verdacht zu überprüfen, der mich beim flüchtigen Durchblättern des Quellen-Heftes geradezu angesprungen hatte. Also zog ich mir, um einen Anfang zu machen, die Jacke, die ich gerade angezogen hatte, wieder aus und legte sie so sorgfältig zusammen, daß das blaue Heft auf keinen Fall sichtbar wurde.

Warum faltest du deine Jacke so dumm zusammen, sagte Marta, sie zerknittert ja.

Und da es die einzige Jacke war, die ich für meine Turiner Tragödie, die sich unter Martas kluger Regie mehr und mehr zu einer Komödie entwickelte, eingepackt hatte, faltete ich sie sofort wieder auseinander und zog sie an. Die Jacke hatte die Beerdigung überstanden und sollte auch die Gedenkveranstaltung überstehen, obwohl sie zu beiden Ereignissen eigentlich nicht paßte.

Zufrieden? fragte ich.

Aber Marta, die begriffen hatte, daß sie im Moment keine weiteren Zeichen ihrer Macht zeigen konnte, und sich nun anschickte, die Wohnung wieder zu verlassen, schien alles andere als zufrieden zu sein.

Ihr Deutschen, sagte sie und knallte die schwere Wohnungstür hinter sich zu.

So hatte sie immerhin erreicht, was sie erreichen wollte, daß ich nämlich wieder nur an sie und ihr herrschsüchtiges Benehmen denken konnte. Was wollte sie von mir? Und was wollte sie durch die ständig gesuchte Nähe erreichen oder vertuschen? Ich würde in ein paar Tagen wieder verschwunden sein und bestenfalls zur Klärung von Fragen gelegentlich mit ihr korrespondieren oder telefonieren, aber auch das war unwahrscheinlich. Denn wenn der Nachlaß einmal in einem deutschen Institut untergebracht wäre, würden ausgebildete Nachlaßphilologen sich seiner bemächtigen, die auf so windige Auskünfte wie die eines Freundes gerne verzichteten. Authentische Quellen waren geradezu verpönt, die gehörten bestenfalls ins Feuilleton, aber nicht ins Archiv. Vielleicht würde man mich noch einmal zu Rate ziehen, wenn es zur Veröffentlichung unserer Korrespondenz käme, aber das würde Jahre dauern. Was also wollte sie? Gab es in den grauen Kästen etwas über sie, das sie entweder eliminieren oder aber in ein besonders Licht gerückt sehen wollte? Hatte sie eine Affäre mit Rudolf –

und hatte diese Affäre etwas mit Rudolfs Tod zu tun? Die drei Witwen, die sich wie ein grauer Chor vor dem Leichnam aufgebaut hatten und ihn abschirmten, verdunkelten, unkenntlich machten, mußte ich wie ein Fälscher aus dem Bild kopieren, um ein halbwegs verläßliches Porträt meines Freundes zurückzugewinnen, der ja, nach den Funden der vergangenen Tage, seine Physiognomie selbst schon so verdunkelt hatte, daß ich ihn kaum noch erkennen konnte. Seine ganze Existenz als Schriftsteller, so kam es mir vor, bestand in einer allmählichen Auslöschung seiner Person, und der letzte, von uns allen, auch mir, als verzweifelt angesehene Schritt der physischen Vernichtung war für ihn vielleicht nichts anderes als die konsequente Erfüllung dieses Plans. So gesehen hatten die Witwen ein vitales Interesse daran, nicht in diesen Strudel des Untergangs gezogen zu werden.

12

Mein Verdacht war mehr als begründet. Ich hatte mir, bevor ich (gottlob unbehelligt) kurz nach Martas Abgang Wohnung und Institutsgebäude verließ, schnell noch Rudolfs zweiten Roman eingesteckt, in der Originalausgabe und in der italienischen Übersetzung, um in Ruhe vergleichen zu können. Auf dem Corso San Maurizio fand ich ein Café, in dem ich ungestört arbeiten konnte. Draußen war es aschgrau geworden. Von den Bergen drängten in langsamen Schüben schwere Wolken nach, nasse Wolle, die über der Stadt ausgewrungen wurde. Ein flinker Wind lief durch die Straßen, bauschte die Mäntel, kickte lustlos Plastiktüten durch die Luft und ließ die Markisen knattern. Die Vorankündigung eines Gewitters, das nicht niederging.

Da ich Rudolfs Roman in den Grundzügen im Kopf hatte, war es ohne große Schwierigkeiten möglich, zu finden, was ich eigentlich nicht finden wollte. Rudolf hatte tatsächlich nahezu alle der in dem blauen Heft notierten Zitate in seinem Roman mehr oder weniger wörtlich untergebracht, und um den Dechiffrierern, also zunächst einmal mir, die Arbeit nicht unnötig zu erschweren, hatte er nach vollzogener Transplantation immer ein Häkchen hinter das Zitat gemacht. Da Hegels Äußerungen zum Ende der Kunst nicht mit einem Häkchen versehen waren, konnte ich sicher sein, daß keiner der Protagonisten des Romans wie Hegel sprach (oder Rudolf sein pedantisches Häkchen vergessen hatte). Hegel hatte offenbar nicht wörtlich gepaßt oder war nur in paraphrasierter Form untergekommen. Es dauerte dann doch mehrere Stunden (und viele Kaffees), bis ich sämtliche mit einem Häkchen versehenen Zitate des blauen Hefts im Roman gefunden und kenntlich gemacht hatte, was, am Ende, zu der sonderbaren Einsicht führte, daß rund ein Drittel des Romans gar nicht von Rudolf stammte. Ich war zunächst baff über die handwerkliche Sauberkeit, mit der er die disparaten Textstücke montiert hatte, aber auch schockiert. Und schließlich fassungslos über die Chuzpe, die Unverfrorenheit dieser Klitterung, die man, wenn man das mit meinen Notizen versehene Buch durchblätterte, nicht einmal als Collage durchgehen lassen konnte. Gab es vielleicht noch weitere Hefte, die bewiesen, daß er auch den Rest des Romans aus anderen Büchern exzerpiert hatte? Natürlich war mir geläufig, daß heute Doktorarbeiten über Jean Paul abgegeben wurden, ohne daß der Verfasser jemals einen Roman von Jean Paul durchgelesen hatte; natürlich fiel mir sofort ein Freund meiner Jugend ein, der immer wahllos zehn Seiten Karl Kraus las, bevor er seine Artikel schrieb, die dann von ihm waren, aber wie Karl Kraus klangen; und natürlich war mir noch der heftig diskutierte Fall des Lyrikers im Kopf, der sich aus zehn fremden Gedichten zehn Bilder zusammengeraubt und daraus ein zehnzeiliges eigenes Gedicht gemacht hatte, ohne seine Quellen zu verraten. Aber er hatte seinen vielfach preisgekrönten Gedichtband »Patchwork« genannt, so daß er den Kritikern, die ihn enttarnt hatten, mitteilen konnte, er hätte es ihnen mit diesem Titel leichtmachen wollen. Es wurde also, wo es nur ging, gestohlen, geborgt, geplündert, ab- und umgeschrieben, daß sich die Balken bogen, und vielleicht war es für einen Nicht-Schriftsteller oder Kaum-Schriftsteller nur naiv zu erwarten, daß die Dichter und

Schriftsteller und Autoren, die von ihrer Schreibarbeit leben wollten, die Geduld aufbrachten, so lange zu warten, bis ihnen etwas ganz Eigenes einfiel.

Aber bei Rudolf lag der Fall, soweit ich ihn beurteilen konnte, doch etwas anders. War er nicht auf der ganzen Welt von den hellsten Köpfen dafür gerühmt worden, besonders viele originelle Ideen in seinem schnellen, ganz und gar zeitgenössischen Liebesroman untergebracht zu haben? Und nun stammten diese Ideen zum Teil wortwörtlich aus dem »Tagebuch eines Verführers« von Kierkegaard. Natürlich hatte er bestimmte altmodische Wendungen aus früheren Übersetzungen so sorgfältig retuschiert, daß man sie auf den ersten Blick für Rudolfs Sprache halten konnte, aber wenn man dem Betrug erst einmal auf die Schliche gekommen war, blieb von Rudolfs Beitrag zu seinem eigenen Roman nicht viel übrig. Wie genau er seine Arbeit als Fälscher genommen hatte, ersah ich auch daran, daß er in der italienischen Übersetzung seines Buches die von ihm selbst aus dem Italienischen übersetzten Zitate in der Rückübersetzung so angepaßt hatte, daß ein flüchtiger Leser nicht auf die Idee kommen konnte, eine Zeile von Croce oder Leopardi zu lesen. Wahrscheinlich hatte er, der Sprachgewandte, es bei der englischen, französischen und spanischen Übersetzung ebenso gehalten. Ich erinnerte mich, wie aufgekratzt Rudolf mir einmal von dem Projekt einer Gesamthochschule im Baden-Württembergischen erzählt hatte, alle Übersetzer seines zweiten Romans zu einem Symposion einzuladen. Jetzt werden sie mir auf die Schliche kommen, hatte er fröhlich ins Telefon gekräht, demnächst wirst du mich nackt erleben können! Gottseidank wurde das Projekt dann wegen Geldmangels abgeblasen. Wahrscheinlich ist überhaupt Geldmangel daran schuld, daß offensichtliche Fälschungen nicht entdeckt werden.

Meine ganze mit Rudolf verbrachte Jugend tauchte wieder auf: die Lektüre der schwelgerischen Theorien Batailles; die Häresien des unter Schlaflosigkeit leidenden Rumänen Cioran; die frühen Romane Claude Simons mit ihrer bewundernswerten Technik der Verlangsamung; Horkheimers Notizen über die deutsche Dämmerung: Alle diese Bücher hatte Rudolf in meine Wohnung geschleppt und mit Zetteln an den entscheidenden Stellen markiert, weil ich über den Umfang der Werke klagte. Meine gesamte Bildung bestand aus Fragmenten, angezeichneten Passagen, aus dem Zusammenhang gerissenen Zitaten. Das mußt du lesen, war Rudolfs meistgebrauchter Ausruf in jenen Jahren gewesen, oder: Das mußt du gelesen haben. Aber im Gegensatz zu Rudolf war es mir nicht vergönnt, aus diesem Gebirge an Wissen ein halbwegs wetterfestes Haus zu bauen. Heute Saint-Simon, morgen Hamann. Die Brocken an Lektüre, die ich nachts nach der Arbeit stemmen mußte, ergaben in der Summe bestenfalls einen Verschlag, in dem ich mich verstecken konnte.

Draußen war es wieder hell geworden, das Licht ging nach der Vorstellung an. Die Gesichter entspannten sich. Wie elegant die Menschen in Turin aussahen. Besonders die alten, tipptopp frisierten Damen auf den dünnen Beinchen hatten es mir angetan, die um mich herum an runden Tischen saßen und unentwegt schwatzten. Nietzsche (der mit Zitaten aus »Jenseits von Gut und Böse« Rudolfs traurigen Helden Profil gegeben hatte) wußte, warum er die Stadt so liebte.

Es war fünf vorbei, ich zahlte. Ich mußte, um Rudolfs Andenken nicht zu schmälern, das blaue Heft in meiner Reisetasche verschwinden lassen und mir ein frisches Hemd anziehen, um wenigstens äußerlich gut ausstaffiert den Elogen auf meinen verstorbenen Freund lauschen zu können. Den von mir besudelten Roman von Rudolf warf ich mit spürbarer Erleichterung in einen der in Turin überreichlich vorhandenen Papierkörbe.

13

Ich wollte Marta etwas schenken. Gerade weil ich von ihrem Leben mit Rudolf nur durch Anspielungen wußte, die bestimmte Ereignisse oder Abläufe betrafen und gleichzeitig vieles andere ausblendeten, so daß meine Erinnerung an Rudolfs Turiner Jahre aus lauter Punkten bestand, die sich nicht zu einem Bild formen ließen, lag mir daran, Marta stärker an mich zu binden. Die Aktivität mußte von mir ausgehen, ich mußte sie mit etwas Unerwartetem überfallen, das sie zum Reden brachte. Ein Geschenk sollte ihre Zunge lösen, gleichzeitig würde sie sich nicht mehr von mir trennen können. Was wußte sie von ihm? War sie von ihm in seine »literarischen Spiele«, wie ich seine Fälschungen bereits für mich nannte, eingeweiht worden? Immerhin hatte sie doch einige Jahre lang seine üblen Launen und hochgradigen Depressionen miterlebt, aber auch seinen unaufhaltsamen Ruhm, seine bizarren Spleens und seine Vereisungen, die sich stets in einem herausfordernden Krach entluden. War sie harmlos oder war sie eine fädenziehende Parze? Vielleicht neigte ich dazu, ihren Einfluß zu überschätzen. Aber ihr seltsam wechselvolles Auftreten verlockte mich dazu, mir für sie eine düstere Rolle auszudenken. Es gab eine Marta, die immer unerreichbar schien und eine andere, die stets verfügbar war. Die eine sprach in Rätseln, die andere löste Rätsel. Diese auseinanderstrebenden Eigenschaften oder Charakterzüge waren eigentlich in einem Körper nicht unterzubringen. Es mußte aber eine Klammer geben. Vielleicht konnte ein Geschenk diese Klammer sichtbar machen.

Alles, was ich in den Auslagen sah, war entweder zu teuer oder zu billig, zu aufdringlich oder zu beiläufig. Es gab keine angemessenen Geschenke mehr, jedenfalls nicht in Europa. Warum kostete eine billige Handtasche so viel wie ein Flug von Hamburg nach Rom? Eine CD? Eine Flasche Parfüm? Mir wurde, je länger ich in die Auslagen starrte, bewußt, daß es nichts zu verschenken gab. Es gab nichts, was *mein Herz* erfreut hätte. Allerdings habe ich, soweit ich mich erinnern kann, selbst nie Geschenke erhalten. Vor allem nicht solche Geschenke, die man als Geschenk bezeichnet, also Parfüm oder einen Rasierpinsel. Mein Verhältnis zu Geschenken war gestört, seit meine Mutter mir jahrelang zum Geburtstag und zu Weihnachten Socken geschenkt hatte, immer abwechselnd graue oder braune Socken, aber ich kam mir zu albern vor, diese nie verarbeitete Grausamkeit nun an Marta auszulassen. Sie hatte keine Socken verdient. Aber was hatte sie verdient? Lauter Fragen, auf die es keine Antwort gibt. Von einer möglichen Antwort käme auch weder Hilfe noch Erleichterung, das war mir klar. Also beschloß ich, mit dem Geschenk noch einen Tag zu warten. Vielleicht würde ich Handschuhe kaufen. Handschuhe, die sie daran hindern würden, sich die Finger zu verstümmeln. Aber wie sollte ich bei diesem Wetter das Geschenk vor ihr (und vor mir) rechtfertigen?

Als ich die Wohnungstür öffnete, wurde ich von Marta bereits erwartet. Sie hatte sich einen Rock angezogen (woher?) und trug über der hagebuttenfarbenen Bluse eine dunkle Jacke, als wollte sie mich erschrecken. Die Stellvertreterin der Ehefrau (die im Krankenhaus an Schläuchen hängt) erwartet den Stellvertreter des verstorbenen Ehemannes in der Wohnung des beklagenswerten Paares. So beginnen Geschichten. Aber ich würde sie nicht erzählen. »Nein, keine Erzählung, nie wieder.« Ist Elsa etwas passiert? fragte ich sofort, mit den schrecklichsten Nachrichten rechnend, aber statt zu antworten, legte sie einen Finger an die Lippen. Ich sollte den Mund halten, und ich hielt den Mund. Eigentlich wollte ich nie mehr etwas sagen.

Im Wohnzimmer saß der Grund für das mir verordnete Schweigen, ein kränklich aussehendes Männlein, das sich sofort erhob und sich nuschelnd vorstellte. Man hatte, so viel verstand ich von seinem nicht enden wollenden Redeschwall, aufgrund eines Verdachts der beiden Hundeabholer und mit der ausdrücklichen Billigung Elsas bei Cesare eine Obduktion vorgenommen und festgestellt, daß der Hund vergiftet worden war. Vergiftet? Von wem? Von uns? Was für ein Narr war ich gewesen, meine Tätigkeit nicht an einem neutralen Ort auszuführen. Was hatte ich mit dem Tod des alten Cesare zu schaffen? Wie konnte es passieren, daß Elsa mir die Niedertracht zutraute, mich an einem armen Hund zu vergreifen, nur weil der mich für Rudolf hielt, für sein Herrchen, wie die scheußliche und entlarvende Sprache zwischen Mensch und Tier es ausdrückte.

Wenn aber Elsa ganz offen gegenüber der Polizei mich als möglichen Mörder von Cesare denunzieren durfte, warum wurde dann nicht auch der Verdacht geäußert, daß ich mich an Rudolfs Nachlaß bereichern wollte? Denn tatsächlich war ich der einzige unter den Hinterbliebenen, der, auf den ersten Blick wenigstens, einen Vorteil von Rudolfs Ableben hatte. Ich allein war Nachlaßverwalter geworden, vielleicht würde ich noch Herausgeber werden, und keiner konnte kontrollieren, was ich für Vorbereitungen traf, das Werk ins rechte (oder unrechte) Licht zu setzen. Rudolf hatte mich durch seinen Tod zu einem Autor gemacht, sein Selbstmord mich in den Stand gesetzt, meine Talente zu zeigen. Ich mußte mich nur davor hüten, daß die hinterbliebenen Frauen mir den Ruhm nicht vorzeitig aus den Händen nahmen.

Die Existenz der beiden thailändischen Mädchen und der Terrasse mußte unser Geheimnis bleiben, andererseits bestand das grämliche Männlein darauf, daß ich ihm das Futter zeigte, das ich, in Elsas Abwesenheit, an den Hund verfüttert hatte. Aber es gab in der Küche kein Futter. Es gab ein Tütchen Reis und ein zusammengefallenes Hörnchen, etwas Backpulver, Zucker und eine Dose mit Kaffee, niente altro, sagte ich ein ums andere Mal in das sich verdüsternde Gesicht des Beamten, der sich tatsächlich anschickte, seine dünne Nase in das Backpulver zu stecken. Und ohne weitere Höflichkeiten packte er schließlich entnervt den Mülleimer und schüttete den Inhalt auf den Küchentisch, um danach mit Kennermiene in den wenigen Rückständen zu polken. Ein paar zerrissene Briefe, Zigarettenstummel, eine aus dem Leim gegangene Frauensandale, der er aus Gott weiß welchen Gründen seine besondere Aufmerksamkeit schenkte. Müll. Ein Hundemörder wäre auch nicht so töricht, das tödliche Gift im Papierkorb zu verstekken.

Altersschwäche, sagte ich, Kummer, der Hund hat seinen Teller abgeleckt und ist aus Kummer gestorben. Erst der Herr, dann der Hund!

Wie ist der Eigentümer des Hundes gestorben? fragte nun der Aufseher mit gerecktem Kopf, und ich gab die Frage an Marta weiter, weil es mir unmöglich war, eine korrekte Antwort zu geben.

Suizid, sagte Marta, die Unterlagen liegen bei der zuständigen Polizeibehörde, vor etwa zehn Tagen.

Wurde eine Obduktion angeordnet?

Da müssen Sie seine Frau fragen, sagte Marta, wir gehören nicht zur Familie.

Wann haben Sie den Hund zuletzt lebend gesehen? fragte das Männlein nun wieder mich, und ich war froh, ihm genaue Auskunft geben zu können.

Gestern, sagte ich, gestern nachmittag, da war Cesare zwar nicht mehr so richtig lebendig, aber er hat mich noch erkannt. Ein uralter Hund, fast blind, mehr oder weniger taub, kein Fell mehr, weiche Knochen, aber ein treuer, lieber Freund, der persönlich von mir Abschied genommen hat.

Aber von irgendwas muß sich der Hund doch ernährt haben, beharrte das Männlein, und ich versprach, die Zugehfrau zu fragen, die eigentlich für den Hund zuständig war.

Ich halte also fest, faßte der Angestellte in einem kleinen Notizbuch zusammen, daß Sie nach dem Ableben des Hundebesitzers und der Unterbringung von dessen Ehefrau in einer Klinik dafür Sorge zu tragen hatten, daß der Hund pünktlich sein Fressen bekam, richtig?

Ich schaute zu Marta, die ihr unzugängliches Gesicht aufgesetzt hatte, aber immerhin nickte, und sagte: Si, credo, und irgendwann war das immer peinlicher werdende Verhör abgeschlossen und das düstere Männlein unter Hinterlassung seiner Visitenkarte wieder verschwunden.

Sie werden von uns hören.

Marta weinte. Und ich dachte immer, sagte ich, um sie aufzuheitern, daß man in Italien Tiere ungefragt töten kann, wie zum Beispiel unsere deutschen Singvögel, aber der dumme Scherz kam nicht an. Cesare war vergiftet worden, mit dieser trüben Einsicht mußten wir leben. Wer sollte sich ausgerechnet an Rudolfs engstem Freund vergriffen haben? Wir beschlossen feierlich, die schriftlichen Unterlagen der Obduktion abzuwarten, bevor wir uns verrückt machen wollten. Vielleicht hatte der Hund Pflanzengift gefressen? Oder die anderen Tiere wollten ihn zum Abdanken zwingen? Und ich Idiot hatte den Abdeckern ein Trinkgeld gegeben, anstatt für Marta ein Geschenk zu kaufen.

Wir gingen, nachdem wir den Müll wieder in seinem Behälter verstaut hatten, ins Bad, wo ich mich rasierte und duschte und Marta sich schminkte, zwei Hinterbliebene, denen man den Kummer nicht ansehen sollte. Und während Marta sich die Augenbrauen schwarz einfärbte, konnte ich unbemerkt das blaue Heft in meiner Reisetasche verschwinden lassen.

14

Die Feier in der Akademie war gut besucht. Marta, die die Abneigung ihrer Landsleute gegen Dichterlesungen kannte und teilte und immer wieder erstaunt darüber war, daß in Deutschland, wie sie von Rudolf wußte, keine Hemmungen bestanden, selbst schlecht vorlesenden Schriftstellern einen Abend zu opfern, war tief gerührt. (Und Rudolf selbst war alles andere als ein guter Vorleser gewesen, eher einer, der seinen Text beim Lesen noch einmal schrieb und darüber zunächst in ein Gespräch mit den Worten eintrat und dann, wenn sich diese nicht ändern lassen wollten, ins Stottern und Stolpern geriet. Dennoch waren seine Lesungen immer ausgebucht, in manchen Städten waren sie sogar kultische Ereignisse.) Weil wir wegen des sich hinziehenden Verhörs als letzte eintrafen und ganz hinten stehen mußten, erklärte mir Marta, wer wer war: Professoren, Literaten, Journalisten, Studenten, die sie alle an den Hinterköpfen oder den Hüten erkannte. Fast alle Frauen trugen Hüte oder Hauben. Begrüßungsreden, Dankesreden, moderates Geschwätz. Die rhetorische Fähigkeit, den Toten für immer verschwinden zu lassen, wurde auf höchstem Niveau praktiziert. Ich begann zu zählen, wie oft die Worte Tragik, tragisch und Tragödie vorkamen. Und dann hielt endlich ein germanistischer Kollege von Rudolf eine knappe, kluge Rede über dessen Werk, das auch in Italien einen so nachhaltigen Eindruck hinterlassen hatte. Verdienter Beifall. Schließlich bat zu meinem Entsetzen der Präsident der Universität mich, den ältesten Freund und Nachlaßverwalter, ein paar Worte zu sagen. Ich war wie gelähmt. Und da ich in Gedanken immer noch bei Cesare war und den Inhalt der Sätze des Präsidenten nur vage mitbekommen hatte, mußte mich Marta Schritt für Schritt zum Podium schubsen. Sag etwas, flüsterte sie, und da sich die ersten schon umdrehten, weil der beste Freund offenbar nicht in der ersten Reihe Platz genommen, sondern sich versteckt hatte, taumelte ich durch den Mittelgang nach vorne, stürzte fast über ein studentisches Bein und kam atemlos vor dem Mikrofon zum Stillstand. Kein schöner Anblick, wie Marta mir später sagte. Ich bat, mein schlechtes Italienisch zu verzeihen (beifälliges Gemurmel), bedauerte die Nichtanwesenheit Rudolfs (unterdrücktes Lachen) und Elsas (Stille), erzählte etwas von unserer Berliner Wohngemeinschaft, was offenbar unverständlich ausgedrückt war, weil plötzlich alle miteinander tuschelten, dankte Marta als Rudolfs engster Vertrauter, die mir nun bei der Sichtung des Nachlasses zur Hand ginge (um bei ihr Punkte zu sammeln), und war, als ich die Schlußformel über den unersetzlichen Verlust des großen Einzelgängers einigermaßen über die Zunge zu kriegen versuchte, wie zur Salzsäule erstarrt. Was die Versammlung als Sprachhemmung vor emotionaler Überwältigung auffassen mußte, verdankte sich einem viel banaleren Grund: In der ersten Reihe links außen, da, wo ich meinen Blick hinlenkte, um nicht ins Zentrum sprechen zu müssen, entdeckte ich Eva. Eva mit Hut, kein Zweifel war möglich. Schwarz gekleidet, ein Taschentuch vor dem zuckenden Mund, die festen Beine in schöner Symmetrie auf den Boden gestemmt. Eva aus Zehlendorf, inzwischen eine gesetzte Dame, flennte leise vor sich hin. Hatte sie mir zugezwinkert? Ich spürte durch die rinnenden Tränen hindurch ihren Blick auf mir, der eben nicht Professor geworden war. Zweite Wahl, fehlerhaftes Material. Aber ich war nun einmal der Überlebende, ich stand hier, auch wenn mir die Worte ausgegangen waren. Ich war fertig, hatte nichts mehr zu sagen. Ich hob die Arme, um meine Sprachlosigkeit wenigstens stumm zu begründen, und ging wie ein Verurteilter langsam an betretenen Gesichtern vorbei den langen Weg durch die Mitte wieder zurück zu Marta, die mich auffangen mußte.

Der Schluß war gut, sagte Marta, eindrucksvoll, und drückte meinen Arm.

Am liebsten hätte ich sie geschlagen.

Gottlob kam unmittelbar nach dem Schluß-Quartett (Schubert, aber welches?) der germanistische Kollege von Rudolf auf mich zu, Luigi Forte, an der Seite einen ebenfalls deutsch sprechenden Lektor des Verlags von Rudolf, der sich als Enrico vorstellte, so daß ich mich mit den beiden und der treuen Marta in eine Ecke verdrükken konnte.

Sie müssen unter allen Umständen bei mir bleiben, flehte ich das besorgte Trio an, wie auch immer die Sitzordnung beim Abendessen aussehen mag, kein anderer als Sie und Marta dürfen neben mir sitzen, keiner darf das Wort an mich richten, keiner auch nur in meine Nähe kommen, schon gar keine Deutschen und vor allem keine deutschen Frauen. Fühlen Sie sich bitte verpflichtet, mich zu beschützen. Sicherheitsstufe eins! Mag sein, daß die beiden Herren von Rudolf einiges gewohnt waren, vielleicht mochten sie sogar die exzentrischen Anfälle ihrer deutschen Gäste und Autoren, jedenfalls versprachen beide gut gelaunt, auf mich aufzupassen. Es wird Ihnen nichts geschehen, sagte Forte, verlassen Sie sich auf uns.

Ich spürte noch die beruhigende Hand des Professors

auf meinem Arm, als mir von hinten jemand derb auf die Schulter schlug. Eva. Schamlos, wie sie war, hatte sie ohne Verzug nach mir Ausschau gehalten und stand nun, das zerknüllte und durchnäßte Taschentuch unter der Nase, unschlüssig vor mir. Sie entschied sich trotz der prekären Situation dafür, mich ohne Umstände sofort zu umarmen, und hing, bevor ich noch die Hand abwehrend ausstrecken konnte, schluchzend an meinem Hals, ein zerrendes Gewicht, weil auch sie in den Jahren, die ich sie nicht gesehen hatte, schwerer geworden war. Die Überrumpelung in der Trauerphase war mir peinlich. Noch peinlicher war, daß es keine Gelegenheit gab, etwas zu erklären. Wir sind es nicht mehr gewohnt, auch in den entsetzlichsten Momenten unseres Lebens den Mund zu halten. Zwanghaft müssen wir erklären, kommentieren, vernebeln. Je weniger wir tun können, um so mehr müssen wir unsere Ohnmacht bereden. Aber jetzt gab es nicht einmal einen Spalt, in den ein Wort gepaßt hätte.

Die beiden Italiener wichen nicht mehr von meiner Seite, nachdem sie gleich bei der ersten Annäherung überrascht worden waren. Sie hatten verstanden, welcher Bedrohung ich ausgesetzt war. Forte machte ein energisches Gesicht, Marta drehte sich angewidert ab, nur Enrico versuchte zu vermitteln, weil er Eva bereits kannte: Er hatte das bedauerliche Vergnügen gehabt, einen Aufsatz von Eva über »Die Frau vor der Staffelei« für einen in seinem Verlag erschienenen Sammelband zum selben Thema übersetzen zu müssen. Enrico stand jetzt in meinem Rücken und sprach in das über meine Schulter gebeugte Gesicht Evas, in einem freundlich-bittenden Ton, der sie nach einer guten Weile zur Aufgabe überredete. Sie wissen, fragte sie den in dieser Hinsicht völlig ahnungslosen Forte, daß ich mit Rudolf zusammenleben wollte?

Aber Rudolf nicht mit Ihnen, sagte Marta trocken.

Ich stellte die Herrschaften, die sich noch nicht kannten und, was Luigi Forte betraf, auch nicht kennenlernen wollten, vor und wurde bei dieser wenig segensreichen Tätigkeit von dem Präsidenten der Universität unterbrochen, der mir zu meiner hervorragenden Rede und zu meinem exzellenten Italienisch gratulieren wollte. Eva stellte sich selber vor, Professorin der Kunstgeschichte und seit Jahrzehnten engste Verbündete von Rudolf, die nun, nach diesen tragischen Ereignissen, daran gehindert werde, zusammen mit Rudolf dessen Werk fortzusetzen.

Der Präsident schien aufgrund seines Alters und seiner Stellung schon häufiger die Bekanntschaft von Witwen und witwenähnlichen Frauen gemacht zu haben und nickte nur freundlich. Ja, eine Tragödie, sagte er und bat uns zum Essen in ein nahe gelegenes Restaurant, das wir zu Fuß in wenigen Minuten erreichen würden. Professor Forte sollte die Führung übernehmen. Da Eva, ohne mich zu fragen und ohne Aufforderung meinerseits, sich auf meiner rechten Seite unterhakte, nahm Marta meinen linken Arm. In dieser Dreierformation gingen wir hinter Luigi Forte als Führer und vor Enrico als Treiber durch das abendliche Gewimmel unter den Arkaden in eines der besten Restaurants der Stadt. Am Ende der Straße hing zitternd ein Halbmond in den zerfetzten Wolken, die bange Schatten über die Straße huschen ließen. Hatten wir Rudolf verabschiedet? Oder hatten wir den Raum des Wartens, den er um sich herum aufgebaut hatte, noch gar nicht betreten? Rudolf jedenfalls war uns nicht begegnet in dieser Soiree, die in dem

Restaurant ihr Ende finden sollte. Eva sagte kein Wort. Und wenn sie sich anschickte, doch etwas sagen zu wollen, bat ich sie zu schweigen. Jetzt nicht, bitte. Jeder Mensch sollte in seinem Leben nur über eine begrenzte Anzahl von gesprochenen Sätzen verfügen dürfen, dann wäre es stiller auf der Welt. Manche Vielredner müßten sich entschließen, ein Jahr zu schweigen, um ein Jahr darauf aufdrehen zu können. Parlamentarier müßten sich zusammenreißen. Und überall würden Schweigegaststätten aufmachen, in denen nur das Geklapper des Bestecks zu hören wäre.

Marta machte sich schwer. Sie hing an mir. Und da es mir nicht möglich war, die sechs Füße in einen gleichmäßigen Rhythmus zu bringen, stolperten wir wie Betrunkene durch die abendlichen Straßen Turins. Als wir an einem Bettler vorbeigingen, schickte ich die Frauen voraus, gab dem Zerlumpten seinen Teil und bildete dann zusammen mit Enrico das Schlußlicht. Nicht zu glauben, daß diese beiden vollkommen asynchron und auf gehörigen Abstand achtenden Frauen vor uns die wichtigsten Rollen im Leben meines Freundes gespielt hatten.

Wahrscheinlich verhielt es sich ganz anders. Wahrscheinlich waren sie nur seine verlängerten Fühler gewesen, mit denen er prüfte, ob er dieser Welt noch gewachsen war.

15

Offen gesagt, ich weiß nicht mehr, wie ich in der Nacht wieder in Rudolfs Wohnung gekommen bin. Auf jeden Fall allein, wenn alles mit rechten Dingen zugegangen war. An meinem rechten Ellenbogen brannte eine längliche, blutverkrustete Wunde, und mein rechtes Knie war angeschwollen, was auf einen Sturz hinzudeuten schien, dagegen war die Jacke – meine einzige Jacke! – glimpflich davongekommen. Ihr fehlten lediglich zwei der drei an jedem Ärmel aufgenähten Knöpfe. Knöpfe ohne Funktion, wahrscheinlich ein atavistischer Rest aus der Zeit der Uniformen.

Ich erinnerte mich, daß sich das Restaurant noch vor Mitternacht rasch geleert hatte, wodurch Eva, der anfangs am mir entgegengesetzten Ende des Tisches ein Platz zugewiesen worden war, Gelegenheit bekam, ohne nähere Begründung langsam aufzurücken. Sie nutzte den Umstand der frühen Müdigkeit der Turiner Professoren und ihrer Gattinnen ohne jede entschuldigende Geste aus und lauerte geradezu auf den Abgang des Präsidenten, der mir gegenüber gesessen hatte, damit sie mit ihrem grotesken Hut wie eine schwarze Schnecke auf uns zukriechen konnte. Die Tortur der Kleidung, ein unerschöpfliches Thema von Rudolf, und der Hut als extremste Form der Folter für andere, wenn er von Frauen getragen wird, denen er nicht steht. Warum Eva in einem Gasthaus einen Hut aufbehalten muß, wenn alle anderen keinen tragen, warum sie sich unter diesem Panzer versteckte, das wäre das Thema eines langen Telefonats mit Rudolf geworden. Dann hatte sie es geschafft, sie war in unserer Mitte angekommen. Da sie ihre Gläser vergessen hatte, mußte der vor Müdigkeit gebeugte Ober neue bringen, und kaum waren sie gefüllt, hatte sie schon ihr Weinglas erhoben und mit einer unpassenden kurzen Rede alle noch Anwesenden aufgefordert, auf Rudolf anzustoßen. Sowohl Forte wie Enrico hoben ihr Glas laut und deutlich auf Elsa, über die wir den ganzen Abend gesprochen hatten, während Marta, wie versteinert über Evas Taktlosigkeit, mit unbewegter Miene einen längeren Trinkspruch auf Cesare aussprach, was, weil keiner die Ursache dieser Fürsorglichkeit verstand, zu einer umständlichen, traurigen Erklärung über dessen Tod führte.

Es stellte sich heraus, daß tatsächlich keiner der anwesenden Kollegen von Rudolf den Hund gekannt hatte. Keiner von ihnen hatte überhaupt je die Wohnung betreten. Keiner außer uns Eingeweihten hatte auch nur eine Ahnung davon, welche Schätze Rudolf gesammelt hatte. Keiner von ihnen hatte Rudolf *erfaßt*. Sie hatten ihn und seinen Ruhm lediglich zur Kenntnis genommen.

Was folgte, war nur noch undeutlich in meiner Erinnerung haften geblieben. Jedenfalls endete der Abend in dem Restaurant damit, daß ich lautstark und erregt in deutscher Sprache Eva als übelste Erbschleicherin beschimpfte, und da weder Professor Forte noch Enrico und schon gar nicht Marta einen Anlaß sahen, der Gedemütigten beizuspringen und es statt dessen vorzogen, das Lokal auf stille Weise zu verlassen, war ich bald mit Eva und dem vor Schlaffheit bereits an einem Nebentisch kauernden Ober allein, der sich, wie ich es jetzt wieder vor mir sah, die Hände vors Gesicht geschlagen hatte, als würde er weinen.

Irgendwann müssen dann auch wir auf die Straße gebeten worden sein. Mir fällt das rasselnde Geräusch wieder ein, mit dem die Kellner des Restaurants auf der Piazza San Carlo die Tische und Stühle aufeinanderstapelten und anketteten. Jetzt sehe ich auch streunende Hunde vor mir, die unter einer riesigen Martini-Leuchtschrift herumlungerten und von den Kellnern daran gehindert werden, sich an den Säulen der Arkaden zu entleeren. Und nun kommt mir ein Mann wieder entgegen, der eine prall gefüllte Einkaufstasche trägt, ein häßliches, monströses Ding, das fast auf der Erde schleift. Was für eine Stadt, ruft er aus, als er mitten in der Nacht vor uns steht, was für eine herrliche Stadt. Und ohne Übergang beginnt er, uns sein Leben zu erzählen. Ich möchte von ihm weggehen, finde aber keinen Spalt in seiner Rede, um mein *basta* hineinzutreiben. Wie oft ist mir das schon passiert, daß ich zuhören *mußte*, weil ich keine Rechtfertigung für ein grußloses Adieu hatte. Der Mann hatte damit keinerlei Probleme. Als ich endlich wortreich erklärt hatte, daß ich nun leider gezwungen sei, mich auf den Heimweg zu machen, ging er ohne jedes Bedauern von dannen, und schon hörte ich wieder seinen werbenden Ausruf: Was für eine herrliche Stadt! Und irgendwo und irgendwann muß ich Eva verloren haben. Aber unter welchen Umständen, das wollte mir nicht einfallen.

Ich erinnerte mich, wie ich mich plötzlich auf einer Bank in einem kleinen Park wiederfand und den Geruch nach frischem Brot wahrnahm. Paradiesgefühle (aber immer ohne Eva): jeden Tag von neuem wird dieser Geruch erzeugt, das handfeste Ergebnis dagegen, meistens weiche Panini, ist schrecklich. Ich würde gerne dafür bezahlen, jeden Tag einmal diesen wärmsten aller Gerüche einatmen zu dürfen.

Und dann? Blackout. Ein grauer Himmel, ein zwischen den Häusern und dem Nichts aufgespanntes Tuch. Und noch einmal Eva, den Hut in der Hand, mit gebeugtem Nacken, als wäre sie in Erwartung eines Schlages oder als hätte sie den Schlag schon erhalten. Hieß die Straße Via San Pietro in Vincoli? Und stand die Bank, die mich, wenn ich mich richtig erinnerte, aufgenommen hatte, nicht auf einem aufgelassenen Friedhof?

Was auch immer geschehen war, ich mußte an die Zukunft denken, oder besser an die wenigen Tage, die ich mit großer Klugheit planen mußte, um überhaupt eine Zukunft als Nachlaßverwalter meines einzigen Freundes haben zu können.

Mit einem Notizblock und einer Kanne Kaffee stieg ich nach oben auf die Terrasse. Von der Straße drangen schwach die Geräusche der Geschäftigkeit des beginnenden Tages herauf, die sich mit den heiseren Schreien eines Pfaus mischten, der mit seltsamen Verrenkungen seiner für beengte Verhältnisse ungünstig angebrachten Flügel auf mich zustürzte. Die ganze Kreatur war um diese göttliche Stunde auf Fressen hin angelegt, und schon liefen und flogen von allen Seiten die seltsamen Tiere herbei, sogar die in jeder Hinsicht benachteiligten Schildkröten humpelten erbärmlich aus ihren schattigen Ecken aufs Zentrum zu, auf mich, der ihnen mit leeren Händen gegenüberstand. Kein Rudolf, der den Zwerghasen die flauschigen Ohren streichelte, kein brummiger Cesare, der den Verkehr regelte, nur ich, stumpfsinnig und benommen, mit blinzelnden Augen, weil mir die Helligkeit zu schaffen machte. Die Tiere kamen ganz nahe an mich heran, als würden sie (außer dem Futter) etwas erwarten, eine Zuneigung, die ich nicht geben konnte, weil ich die Rituale nicht kannte, die auf diesem ausgegrenzten Hof unter dem Himmel herrschten. Als sie merkten, daß ich nicht Rudolf von Assisi war und auch nichts zu fressen dabei hatte, ließen sie die Köpfe hängen, ließen enttäuschte Töne hören und standen wie dumm herum. Die Hühner, eine Rasse mit Federbuschen auf den Krallen, was sie besonders lächerlich aussehen ließ, stellten die Köpfe schräg und widmeten sich ganz dem Erstaunen darüber, daß ich zwar aussah wie Rudolf, aber offensichtlich keine seiner angenehmen Eigenschaften geerbt hatte. Sie sahen in ihrer Pikiertheit aus, als hätten sie beschlossen, heute aus Protest gegen den Menschen, der so tat, als wäre er Rudolf, keine Eier zu legen. Was sollte ich tun? Wenn man Tieren zu nahe kommt, kann es fatale Folgen für den Menschen haben, zuviel Nähe macht die Tiere mißmutig, dann werden sie aggressiv.

In zwei Stunden kommen die Thailänderinnen und geben euch Futter, sagte ich streng, bis dahin müßt ihr euch gedulden. Aber als ich mich beim Sprechen zu den Zwerghasen hinabbeugte, um ihnen wie Rudolf durchs Fell zu kraulen, hoppelten sie beleidigt davon.

Ich war nicht Rudolf. Aber ich setzte mich, nachdem ich ihn gereinigt hatte, auf seinen Stuhl unter die Palmen und machte mir Notizen über den Fortgang der Arbeit. Ich mußte *erstens* eine schriftliche Vollmacht von Elsa erwischen, um ohne jede Einschränkung von wem auch immer mit dem Nachlaß nach Belieben umgehen zu können. Wahrscheinlich wäre es angemessen, mir die Papiere notariell zu überschreiben, wobei ich selbstverständlich auf alle Einnahmen aus dem eventuellen Verkauf von Rechten verzichten würde, auch wenn mir, moralisch besehen, wenigstens ein Teil dieser zu erwartenden Gelder zustünde. Ich mußte also *zweitens* umgehend Elsa aufsuchen, weil zu befürchten stand, daß ihre

Krankheit sich hinziehen würde; an einen letalen Ausgang wollte ich nicht glauben. Allein die Vorstellung, daß sich Elsas Schwester, eine geistlose Person, die, laut Rudolf, erst dann wieder bei ihrer Verwandtschaft vorstellig geworden war, als der Ruhm Rudolfs sich herumgesprochen hatte, in die Erbschaftsangelegenheiten einmischen würde, verursachte mir Unbehagen. Und ich mußte *drittens* unverzüglich die Durchsicht der Papiere abschließen, damit ich durch meinen Abschlußbericht die Universität davon überzeugen konnte, den *gesamten* Nachlaß in meinen Händen zu belassen, also auch die Unterlagen, die sich in seinen Büros in der Universität und im Institut befanden. *Viertens* mußte ich dafür Sorge tragen, daß die von mir ausgesonderten, Rudolfs Ansehen belastenden Dokumente und Briefschaften auf schnellstem Wege nach Deutschland kamen, um sie Martas Neugier zu entziehen. Wo ist das nächste Postamt? notierte ich mit flüchtiger Schrift an den Rand meiner Agenda. Vielleicht sollte ich, um nicht mit den an mich selbst adressierten Umschlägen im Treppenaufgang abgefangen zu werden, die Thailänderinnen als Boten engagieren. Meine Reisetasche, ein leichtes Stück ohne Gewicht, war jetzt schon durch diverse Korrespondenzen und Notizbücher, die die Nachwelt nichts angingen, so angeschwollen, daß Marta bereits ein Auge darauf geworfen hatte. Geschenke, hatte ich gesagt und sofort in der Hosentasche nach dem winzigen Schlüssel gefühlt. *Fünftens* mußte Eva aus Rudolfs Leben entfernt werden, damit sie sein Nachleben nicht beschmutzen konnte. Als ich ihren Namen auf den winzigen Notizblock kritzelte, lief mir ein Schauer den Rücken hinunter. Ich sah, wie bei einer spiritistischen Sitzung, sofort ihr Gesicht vor mir, die zuckenden Augenbrauen über den grautrüben Augen, die rötlichen Flecken auf ihren teigigen Wangen, die schon in unserer Jugend auftauchten, wenn sie, nach langem Schweigen, etwas sagen wollte, aber nicht wußte, wie sie es über die Lippen kriegen sollte, die immer nervösen Hände, die unstet an ihrem Körper oder auf dem Tisch herumwanderten, als wolle sie etwas festhalten. Und hinter diesem Bild einer Frau, die sich, gegen seinen Willen, meines Freundes bemächtigt hatte, tauchte die andere Eva auf, die nach Rudolfs Weggang bei mir geblieben war, ein sanftes, etwas verträumtes Geschöpf mit runden, fragenden Augen, das nicht verstehen wollte, warum sich alle Welt plötzlich für die Revolution interessierte und warum sie selbst sich, statt Raffaels Madonnen zu betrachten, für die Sozialgeschichte der Renaissance erwärmen sollte. Sie war nicht für die miesepetrigen Debattierzirkel geschaffen, für die glühenden Missionen des Politischen, und sie hatte überhaupt keinen Sinn für Menschen ohne eine naive oder eine dezidierte Vorstellung von Schönheit. Während wir unsere Allüren pflegten und unsere halbseidene Rhetorik einsetzten, um intelligenter und despotischer zu wirken, als wir waren, saß sie, in sich selbst versunken und mit einem grüblerischen Zug um den Mund, mitten unter uns, kein Engel, keine Heilige, aber eine, die eine stille Kraft aus der Betrachtung von Engeln und Heiligen zog. Ihr damals vollständiger Mangel an Koketterie fiel mir jetzt wieder ein, die Abwesenheit aller angeberischen Attitüde, über die Rudolf so reich verfügte, der Allesleser, der tatsächlich alles gelesen hatte bis auf die närrischen Erfindungen der zeitgenössischen Romane. Natürlich gab es Ausnahmen, sein ganzes Leben bestand aus Ausnahmen. So hatte er mit seiner gewissermaßen stotternden Brillanz einen merkwürdigen Roman von Helmut Heißenbüttel,

»D'Alemberts Ende«, zu *dem* modernen Roman unserer Zeit erklärt, hatte uns, die wir das Buch noch gar nicht kannten, lange, quälende Vorträge über das Collage-Prinzip gehalten, wir mußten, gutgläubig wie wir waren, die trockenen Botschaften der materialistischen Philosophen studieren und die gottlob weniger trockenen Diderots, um wenigstens eine schmale Basis für das Verständnis der Bedeutung von »D'Alemberts Ende« mitzubringen, das wir, als Krönung seiner besserwisserischen, herrischen Unterweisung, schließlich selbst lesen durften. Von D'Alembert war keine oder kaum eine Rede in diesem Buch, von dem mir nur noch das Motto aus Thomas Manns »Doktor Faustus« in Erinnerung ist: »Das Zitat als solches hat etwas spezifisch Musikalisches, ungeachtet des Mechanischen, das ihm eignet, außerdem aber ist es Wirklichkeit, die sich in Fiktion verwandelt, Fiktion, die das Wirkliche absorbiert, eine eigentümlich träumerische und reizvolle Vermischung der Sphären.«

Eva war gar nicht begeistert von dem Roman, ich verschanzte mich, während sie ihre Argumente vorbrachte, hinter Rudolf. Aber sie konnte gar nicht zu Ende sprechen, weil Rudolf, der Jongleur, schon ihren ersten Halbsatz nach allen bösen Regeln seiner Kunst in der Luft zerriß und schließlich ganz zum Verschwinden brachte. »D'Alemberts Ende« ist Resteverwertung, schrie er Eva zu, während du immer noch nach dem Ganzen suchst. Keiner wußte, was er damit meinte: der Roman als Resteverwertung. Damals, 1970, war alles möglich. Später, als Rudolf mit seinem Kurs »Mathematische Ökonomie. Kapital Band III« unterwegs war, brachte sie ihren Satz zu Ende, eine respektvolle, aber harte Kritik an »D'Alemberts Ende«, der ich mich in jeder Hinsicht anschloß. Ein Roman, der sich mit Händen und Füßen weigert, gelesen zu werden, das war mir im Ohr geblieben. Viele Jahre später habe ich als Rudolfs Begleitung den Dichter Helmut Heißenbüttel besucht, der damals wegen eines Schlaganfalls in einem, wie ich dachte, viel zu kleinen Wägelchen saß, ein großer, gebrochener Mann mit einem kahlrasierten Schädel, der Rudolfs enthusiastisches Lob wortlos über sich ergehen lassen mußte. Ich sehe noch seine gelegentlich zuckende Hand (ein Arm war ihm im Krieg amputiert worden), die für den ausgefallenen Mund einspringen wollte, aber zu mehr als einem verkrakelten Komma nicht zu gebrauchen war. Beide teilten eine besorgte Liebe für Rudolf Borchardt, den Rudolf mir gegenüber stets als den einzigen Herrn der deutschen Literatur bezeichnete, mir aber einschärfte, anderen gegenüber nichts von seiner Verehrung für ihn zu verraten. Ein Geheimnis, das nicht gelüftet werden durfte. Was ist aus Helmut Heißenbüttel, diesem emsigen und inspirierten Dichter und Essayisten geworden, von dem mir Rudolf mehr als dreißig Bände mit Aufsätzen, Gedichten und Collagen hinterlassen hatte, ein ganzes Regal voller Bücher mit seltsamen Titeln, von denen mir »Wenn Adolf Hitler den Krieg nicht gewonnen hätte« immer eingeleuchtet hat. Und was wird aus Rudolf werden, wenn der Schock über seinen Tod verraucht war? Würden auch sein Name und seine Bücher in den grauen Teich der Fußnoten fallen, in dem alles herumschwamm, was am Hofe der Gegenwart nicht mehr zugelassen war? Es lag in meiner Hand, ihn wenigstens zu meinen Lebzeiten vor diesem Schicksal zu bewahren. Rudolf, ich konnte es deutlich spüren, war in meiner Hand.

Ich mußte Eva sprechen. Ich mußte herausfinden, warum sie nach all den Demütigungen, die sie durch Rudolf erfahren hatte, nach all seiner dümmlichen und arroganten Kritik an ihren Vorlieben, nun wieder seine Nähe gesucht und gefunden hatte. Immerhin wollte sie eine vielleicht nicht aus Lebhaftigkeit und Leichtigkeit bestehende, aber doch stabile Ehe aufgeben, um eine andere, ebenfalls komplizierte Ehe zu zerstören. Und sie wollte, wenige Jahre vor einer lukrativen Emeritierung, ihren Lehrstuhl verlassen, um mit einem alten, in seinen Papieren verlorengegangenen Mann zu leben, den seine lebenslang feinsinnige Lektüre nicht davor bewahren sollte, dem Tod gelassen gegenüberzutreten. Er mußte ihn herausfordern. Und ich hatte ihm, in Unkenntnis der wahren Situation, vor Jahren auf dunklen Wegen das Gift besorgt. Seine diesbezüglichen Briefe, die voller erpresserischer Wendungen über unsere Lebensfreundschaft mich beschworen, ein ganz bestimmtes Pflanzengift »für alle Fälle« aufzutreiben, lagen an sicherem Ort in meiner Wohnung, aber ich hatte vergessen, ob ich dem anonymen Päckchen, das dieses Gift nach Turin brachte, ein Schreiben beigefügt hatte, das ich, wenn es existierte und Rudolf es nicht vernichtet hatte, unbedingt finden mußte, um jeder leichtfertigen Spekulation den Boden zu entziehen. Zumal wenn sich Elsa dazu entschließen würde, mir den Nachlaß zu überschreiben, durften solche Briefe nicht auftauchen. Ich traute Rudolf plötzlich zu, daß er einen solchen Brief, wenn er überhaupt existierte, mit Absicht einem x-beliebigen Buch anvertraut hatte, um den Zufall zu ermuntern. Rudolf hatte diese bösen Spiele geliebt.

Ich mußte mit Eva sprechen, aber vorher mit Elsa. Ich selbst durfte nichts dem Zufall überlassen.

Zunächst einmal aber stellte mich Eva zur Rede. Sie stand plötzlich vor mir, in der frühen Sonne, und schaute argwöhnisch auf meinen Notizblock, den ich daraufhin eilig in meiner Jackentasche verschwinden ließ. Schon war auch sie verschwunden.

16

Ich habe mir nie recht vorstellen können, was einen Menschen dazu verleitet, den Beruf eines professionellen Schriftstellers zu ergreifen. Daß einer gelegentlich Gedichte schreibt, kann ich nachvollziehen. Man kommt in emotionaler Erregung zu der Auffassung, daß man ein Stück des dunklen Planeten des noch nicht Gesagten mit seinem Gebrauch der Wörter erleuchten möchte. Selbst wenn das Gedicht nie gedruckt wird – was bis auf die wenigen bekannten Ausnahmen der Fall ist –, so ist es durch mich doch auf der Welt. Auch die Abfassung eines Essays über schöne Gegenstände, als gesteigerte Fortsetzung der schulischen Übung des Aufsatzschreibens, scheint mir nicht fragwürdig. Aber daß einer in jungen Jahren, meist nach einem abgebrochenen oder in seltenen Fällen auch abgeschlossenen Studium der Literaturwissenschaft oder der Betriebswirtschaft, den Entschluß faßt, fortan mit frei erfundenen Räuberpistolen oder auch dem eigenen Leben vampirisch abgeluchsten Geschichten sein erwachsenes Dasein verbringen zu wollen, das kam mir stets halsbrecherisch mutig vor. Maler oder Musiker haben es in dieser Hinsicht leichter, sie können an eigens für sie eingerichteten Instituten studieren und dann die Arbeit fortsetzen, die der Meister nicht zur Vollendung gebracht hat. Jeder hält es für selbstverständlich, wenn sich ein junger Komponist mit einer Variation auf ein Thema von Zemlinsky oder Bach die ersten Lorbeeren ergattern will, aber ein Schriftsteller, der quasi als Einstand eine Variation auf den Schluß des »Mannes ohne Eigenschaften« schriebe, würde ausgelacht werden. Und während ein Maler, der die großen Bilder des Abendlands mit breitem Pinselstrich einfach übermalt, so daß sie nur an den äußersten Rändern noch erkennbar sind, zum gefeierten Subjekt der an moderner Kunst interessierten Spezialisten werden konnte, so darf doch kein Dichter hoffen, mit der Überschreibung ihm mißfallender Substantive in den »Sonetten an Orpheus« von Rilke einen längerfristigen Erfolg zu feiern. Besonders Romanschriftsteller üben einen durchaus riskanten Beruf aus. Was geschieht, wenn einer die eingleisige Brücke zum Künstlertum passiert hat und Romane veröffentlichen will, die weder den Geschmack der Kritiker noch den des Publikums treffen? Ich rede hier nicht von der Wahrheit der Kunst, die in aller Regel erst nach dem Ableben des Künstlers erkannt wird. Nein, ich rede über den schieren Arbeitsaufwand. Da sitzt einer (wie Rudolf) jahrelang detailbesessen über einem wachsenden Packen Papier, um am Ende feststellen zu müssen, daß er (nach eigener Einschätzung) nur dummes Zeug produziert hat. Gewiß, es gibt mittlerweile staatliche oder halbstaatliche Auffangprogramme, die den enttäuschten Romancier mit finanziellen Anreizen ermuntern, es noch ein zweites und drittes Mal zu versuchen. Aber dann? Ich habe als Begleiter von Rudolf auf dessen Lesereisen selbst in mittelgroßen Städten scharenweise Schriftsteller getroffen, die mit fünfzig praktisch arbeitslos waren, weil ihnen entweder die Verleger wegen des ausgebliebenen Interesses seitens der Kritiker und des Publikums gekündigt hatten oder weil ihnen buchstäblich der Stoff ausgegangen war. Mit Pathos und Inbrunst erzählten sie von ihrem Scheitern. Manchmal hatte ich den Eindruck, ihr Scheitern, die große Erzählung des endgültigen Scheiterns sei wahrer als all die sogenannten geglückten Erzählungen, die sich die gewieften Prosaschriftsteller nach Belieben aus den Rippen schneiden konnten. Ehe kaputt, Weltverständnis zertrümmert, Hoffnung auf bürgerlichen Erfolg aufgegeben – nur durch exaktes Beschreiben dieser Mißstände ließe sich noch eine Lebenswende herbeiführen. Da den meisten dieser Autoren aber jede Art von Selbstironie fehlte, wurden die Beschreibungen des Unglücks trostlose Fallstudien, die selbst im Genre »Trostlose Fallstudien« keine Beachtung mehr fanden. Bedauernswerte Geschöpfe.

Einer von ihnen ist mir in Erinnerung geblieben, ein trotz seines Mißgeschicks tadellos gekleideter melancholischer Herr mit unerhört feinen Umgangsformen, der uns nach Rudolfs Lesung in einer Volkshochschule in der näheren Umgebung Kölns in ein italienisches Restaurant begleitete. Unter beschämtem Kopfnicken schilderte er Rudolf in ausgesuchter Sprache seine vergeblichen Bemühungen, dem vor Jahren abgeschlossenen und dennoch immer wieder überarbeiteten ersten Kapitel seines dritten Romans ein Folgekapitel anzuhängen. Zwanzig Seiten waren vollendet, der Rest von circa vierhundert Seiten wollte sich nicht einstellen. Er weigert sich, hatte er hysterisch lachend ausgerufen, und ich habe offensichtlich kein Futter, um ihn anzulocken. Ob er mit Futter etwa Erfahrung meine, hatte ich in sein verzweifeltes Lachen hinein gefragt, was mir ein so mitleidvolles Lächeln einbrachte, daß ich bis zur Beendigung des Gesprächs kein Wort mehr zur Unterhaltung beisteuerte. Manchmal verbringe ich ganze Tage mit der Überlegung, sagte der Schriftsteller, ob meine Hauptfigur sich das Essen selber zubereiten oder ob ich ihn in ein Gasthaus schicken soll. Geht er in ein Gasthaus, besteht natürlich die Gefahr, daß der Roman aus seiner Bahn geworfen wird, weil der Held sich verliebt oder betrinkt und im Gefängnis aufwacht. Da ich, zu meinem aufrichtigen Bedauern, noch nie in einem Gefängnis eingesessen bin, müßte ich die Erfahrung eines Gefängnisaufenthalts entweder imaginativ leisten, was der Authentizität meiner Erzählung schaden würde, oder aber meinen Helden dort in seiner Zelle unbeschrieben allein lassen. Bereitet er sich dagegen sein Essen zu Hause zu, geht er mir mit seiner Pedanterie auf die Nerven. Er wäscht stundenlang ab, weil er sonst nichts zu tun hat. Sein ganzes Gebaren ist der Ausdruck existentieller Verblödung, aber die wiederum läßt sich nur schwer auf dem Papier ausdrücken. Was habe ich alles über die Müllbeseitigung geschrieben und verworfen! rief er mir zu; ein großes Kapitel über das Waschen seiner Kleidungsstücke im Waschbecken mußte ich opfern, obwohl hier das Thema Reinigung/Selbstreinigung endgültig abgehandelt werden sollte. Eine Katastrophe! Ein Elend!

Rudolf, das habe ich nicht vergessen, empfahl ihm eine gründliche Lektüre Montaignes und Homers, angeblich eine explosive Mischung von subjektiven und objektiven Elementen, die ihn unverzüglich an den Schreibtisch zurücktreiben würde, und am Ende, als Rudolf die wegen des enormen Weinverbrauchs des Schriftstellers nicht unerhebliche Rechnung bezahlt hatte, schenkte er ihm auch noch den Rest seines Honorars. Der arme, dennoch so überaus korrekt gekleidete Autor wurde Gottseidank ein paar Jahre später Professor für kreatives Schreiben an einer Fachhochschule in Iserlohn, wie mir der an diesem Schriftsteller mit einer rührenden Anteilnahme hängende Rudolf mitgeteilt hatte, und wurde so gewissermaßen offiziell vom Schreiben des zweiten Kapitels seines dritten Romans enthoben. Er behandelte sich jetzt in seinen Vorlesungen gewissermaßen als abschreckendes Beispiel. Noch wenige Wochen vor seinem Tod hatte mir Rudolf übrigens geschrieben, daß er sich für die erneute Veröffentlichung der zwei ersten Romane dieses Autors einsetzen wolle, die er für überragende Beispiele der hohen Erzählkunst der siebziger Jahre hielt. Beckett und Robert Walser, eine unschlagbare Mischung. Aber Becketts Landstreicher und Walsers Spaziergänger trafen sich doch sowieso im Gasthaus »Zum abwesenden Gott«. Ich selbst war, wegen der Anspannung in meinem Beruf, bis zur Frühverrentung (infolge von Insolvenz) nicht zur Lektüre gekommen, freute mich aber auf die zu erwartenden Neueditionen mit den Nachworten Rudolfs, in denen er, wie er mir geschrieben hatte, unserer gemeinsamen Begegnung samt meiner naiven Erfahrungsfrage gedenken wollte. Einmal die Augen aufgemacht zu haben, sagte er mir einmal, langt als Erfahrung für ein vielbändiges Gesamtwerk.

Wenn es aber nicht die innere Notwendigkeit der Weitergabe schlimmer, verletzender, meinetwegen auch traumatischer Erfahrungen war, die einen jungen Menschen zur Aufgabe seiner bürgerlichen Absicherungen und zur Ergreifung des Schriftstellerberufs trieben, was war es dann? Man konnte sich doch keinesfalls einen rundum glücklichen, in den Traditionszusammenhang seiner Familie eingebetteten und halbwegs auskömmlichen Menschen vorstellen, der wie nebenbei, als ungefährliches Spiel zum Zeitvertreib, auf die verwegene Idee kommen würde, Romane wie »America« oder »Der Mann ohne Eigenschaften« oder »Joseph und seine Brüder« zu verfassen, aus reiner Freude oder aus sportlichen Gründen, um den melancholischen, mit Schreibhemmungen kämpfenden Kollegen zu beweisen, wie leicht es sei, das hohe Lied der Schönheit fortzusetzen?

Rudolf behauptete, sein Schreiben sei im Grunde nichts anderes als der Versuch, sich selbst von der Illusion zu befreien, ein Schriftsteller zu sein. Man muß so lange schuften, bis man hundertprozentig weiß, daß man kein Schriftsteller ist. Leider geben die meisten vorher auf. Nur aus der Asche der Zerstörung des Schriftstellerberufs kann ein Schriftsteller hervorgehen. Alles andere sind Texter, die Texte herstellen, meist auf Bestellung. Nur die tägliche grausame Erfahrung der an den Wörtern und Sätzen erlittenen Niederlage zählte für Rudolf, nicht die leicht errungenen Siege. Quasi hinter vorgehaltener Hand hat er mir ein ums andere Mal mitgeteilt, daß seine in aller Welt veröffentlichten, mit Preisen bedachten und von internationalen Filmfirmen für ein gutes Geld angekauften Romane nicht gerade der reine Dreck seien, aber doch so unwichtig, unbedeutend und im tiefsten Sinne geschmacklos, daß die ganze Aufregung, die um sein Werk gemacht würde, ihn im Innersten peinlich berühre. Tatsächlich war er der Ansicht, daß man seine Bücher nur deshalb »auserwählt« hatte, weil alles andere noch schlechter war. Himmel und Hölle eines Romans verdanken sich dem Zufall, sagte er manchmal, wenn aber der Rest disziplinlose Pfuscherei ist, dann ist das Ende von Literatur als Kunst erreicht. Bei mir, sagte er häufig, spürt man, daß die Weltliteratur mitgeschrieben hat, deshalb haben so viele Leser Vertrauen. Damals wußte ich natürlich nicht, daß diese in der Tat gut komponierten und schön zu lesenden Bücher durch Anleihen bei anderen Autoren entstanden waren, die ihr ganzes Leben vergeblich um die Anerkennung kämpften, die Rudolf im Übermaß zuteil wurde. Ich hielt die Romane für Originalwerke, wie Millionen Leser auf der Welt auch. Ich erinnere mich an Unterhaltungen, die ich mit Rudolf über die Krankheit des Schreibens führte. Man könne nicht einfach aufhören zu schreiben, war seine Theorie. Selbst wenn man nichts mehr schreibe und veröffentliche, bleibe man doch Schriftsteller. Zwischen dem geschriebenen oder noch nicht geschriebenen Text und dem Autor bestehe eine krankhafte Komplizenschaft, die nicht von äußerer Anerkennung beeinflußt werden könne. Im Gegenteil, meistens seien Schriftsteller, die nicht mehr schreiben, literarisch besser als die, die immer weiterschreiben, um ihre Krankheit nicht öffentlich sichtbar werden zu lassen. Sie wüßten nicht, daß das Schreiben selber die Krankheit ist, und daß derjenige, der veröffentlicht, die Symptome zur Schau stellt, während derjenige, der nicht mehr veröffentlicht (weil er nichts hat oder weil er nicht mehr will), nicht auf den ersten Blick als durch und durch Kranker durchschaut werden kann. So oder so, es gebe die unheilbare Krankheit des Schreibens, die nur durch den (freiwilligen oder natürlichen) Tod beendet werde.

17

Nun also zu Elsa.

Ich hatte mich nur schwer von der Terrasse lösen können, weil ein alleinstehender Erpel mit grünschillernder Halskrause nach langen plumpen Anläufen auf meinen Arbeitstisch geplatscht war und sich dort gemütlich niedergelassen hatte. Er schien sogar ein Schläfchen in der Morgensonne machen zu wollen, jedenfalls spreizte er wie bei einer Lockerungsübung die Flügel und steckte seinen Kopf schließlich in den entstandenen Hohlraum. Sein mir zugewandtes Auge glotzte mich an, und ich war mir nicht sicher, ob es freundlich oder feindlich glotze. Sah es Rudolf oder sah es mich? Gelegentlich schob sich ein Häutchen über die schwarze, polierte Pupille, aber es sah nicht so aus, als würde sich dadurch seine Wahrnehmung ändern. Ich wagte kaum noch zu atmen, an Schreiben war gar nicht mehr zu denken. Wie an öffentlichen Badestränden, dachte ich, wo ja auch Menschen ohne jede Begrüßung ihr Handtuch neben einem ausbreiten, sich ungeniert ihrer Kleidung entledigen und einschlafen, als seien sie ganz allein auf der Welt. Aber wehe, man sagt etwas! Oder man schüttelt sein Handtuch aus, weil es durch die gleichgültig ausgeführten Operationen des Neuankömmlings mit Sand beschwert wurde. Plötzlich ist man selbst, der Gestörte, der Störenfried. Alle in der Umgebung reiben sich den Sand aus den Augen, Frauen bedecken ihre Brüste, als sei man zu mehr fähig als nur zur Verteidigung seines Liegeplatzes. Immer jedenfalls, wenn ich anheben wollte, den Bleistift zu bewegen, blinzelte mich der Erpel beleidigt an, weil offenbar die Bewegung des Schreibens in seinem begrenzten Sehfeld zu Irritationen führte, die er nur ungern hinnehmen wollte. Vielleicht ahnte er, daß ich stärker war, aber ich sollte doch wissen, daß mein hektisches Geschreibsel mit seiner Würde als ausruhender Erpel nicht zu vereinbaren war.

Eine der Thailänderinnen, die pünktlich um zehn die Terrasse betraten, erlöste mich aus der Erpelstarre, indem sie mit beiden Händen das heftig schnatternde Tier an seinem schönen Körper packte und ein wenig in die Luft warf, in der richtigen Überzeugung, daß nicht einmal diese unsanfte Behandlung zu einem Ausscheiden aus der Gemeinschaft führen würde. Das Entenwesen schüttelte zwar kräftig den Kopf, reihte sich dann aber fügsam in die Reihe der anderen Essenholer ein, die plötzlich aus ihren schattigen Nachtquartieren krochen und die beiden Mädchen werbend umgarnten.

Zu Botengängen waren die beiden Thailänderinnen übrigens nicht zu gebrauchen; das in fast allen europäischen Sprachen gebräuchliche Wort für Post war ihnen unbekannt, und je öfter ich es erwähnte und mit Gesten begleitete, desto lauter wurde ihr übermütiges Gelächter, was wiederum die Tiere zu den bizarrsten Nachahmungen trieb. Die ganze Welt ist nichts als Mimesis. Plötzlich war Leben in der Bude, obwohl ich nur Post gesagt hatte. Nicht auszudenken, was die Thailänderinnen mit den heimlich außer Landes zu bringenden Notizbüchern und Briefen aus Rudolfs Nachlaß angefangen hätten. Dafür wußten sie alle Namen der verschiedenen Futtermittel, die sie, wenn ich Post sagte, auswendig hersagten.

Als ich das Haus verließ, standen mehrere Fahrzeuge der Polizei vor dem Gebäude, deren Sirenen ich auf der Terrasse schon gehört hatte. Ein tadellos gekleideter Carabiniere im Eingang musterte mich auffällig, ließ mich aber unbehelligt durch. Er hatte beide Hände in seinem weißen Lackgürtel stecken und bewegte nur den Zeigefinger, um mich von Fragen abzuhalten. Weitergehen, Maul halten. Fast wäre ich wie ein Schuldiger auf den drei Stufen gestolpert, die das Institut mit der Straße verbinden, verdrehte mir allerdings im Sprung schmerzhaft den Fuß. Beim Zurückblicken sah ich den Staatsdiener grinsen, verzichtete jedoch auf einen Kommentar. Warum, dachte ich, verbot mir dann aber jeden Gedanken.

Ich nahm den Bus. Die Stadt war um diese frühe Stunde schon damit beschäftigt, ihrem Ruf gerecht zu werden. Alles war in Bewegung, selbst der Kaffee in den Bars wurde hinuntergestürzt, das Hörnchen nur angebissen und dann mit auf den Weg genommen. Der Verkehr stockte. Es war angenehm, daß der Bus nicht schneller fuhr als die Leute gingen, so daß man einige Menschen eine Weile auf ihrem Weg ins Büro begleiten konnte. Traf man endlich einmal den Blick eines Passanten, konnte man die Beobachtung machen, daß er entweder sofort wegschaute, als sei es ihm peinlich, bei einer zu schnellen, dem Körper unangemessenen Gangart ertappt zu werden, oder sich, wenn man überholte, mit der indignierten Grimasse des Verlierers verabschiedete. Inzwischen hatte sich ein grauer Schleier über die zimtfarbenen Wolken gelegt, das Licht wurde erst kälter, dann diesiger, und als wir das Zentrum verließen, bildeten die ersten Regentropfen schmutzige Schlieren auf den Seitenfenstern.

Von der Stadt hatte ich bisher nichts gesehen. Nicht das neue Museum, in dem jetzt wahrscheinlich Eva ihren Studien nachging, um Stoff zu sammeln für die letzten

Jahre ihrer Lehrtätigkeit, keine Kirche, nicht einmal die alten Fiat-Werke in Lingotto, die in einem von Rudolfs Romanen die Kulisse abgaben. Auch das Buch »Nietzsche in Turin«, das ich erstanden hatte, weil es eine Karte mit sämtlichen Orten enthielt, die Nietzsche nachweislich gesehen und/oder erwähnt hatte, lag immer noch unberührt in meiner Reisetasche und wurde von dem neuen Material, das diese aufnehmen mußte, immer mehr nach unten gedrückt. Wahrscheinlich würde ich es zu Hause lesen, als Erinnerung an meine unglückliche Zeit in dieser Stadt.

Ich war mit hängendem Kopf durch die Straßen gelaufen und hatte das Pflaster studiert. Und ich war mir plötzlich sicher, die Stadt nach meiner Abreise nie wieder besuchen zu wollen. Mit Turin würde ich nach Beendigung meiner Tätigkeit als Nachlaßverwalter abgeschlossen haben.

Das richtige Wetter für einen Krankenhausbesuch. Auf den wenigen Metern von der Bushaltestelle bis zum Hospital wurde ich von einem Regenschwall bis auf die Haut durchnäßt, wie eine letzte Warnung war das Wasser über mich gekommen. Die verstümmelten Raucher im überdachten Eingang verzogen keine Miene. Ein mehr oder weniger vollständig verbundener Mann im Rollstuhl, dem man im Kopfgips gerade noch eine Lücke für die Zigarette gelassen hatte, stand so ungünstig quer in der Tür, daß er von den Ankömmlingen wie den Fliehenden jeweils verrückt werden mußte, wie in einem Ballett. Die Zuschauer, so mein Eindruck, kamen auf ihre Kosten. Was der angeknackte Hals zu diesen Erschütterungen zu sagen hatte, ging im Gips unter.

Am Kiosk im Erdgeschoß kaufte ich, weil mir nichts

anderes auffiel, eine langstielige Rose und eine Rolle Kekse. Die Verkäuferin sah aus, als wolle sie sich nie von dieser Krankenstation trennen. Sie hatte an beiden Händen ältliche Heftpflaster und trug um den Hals eine hohe Gummikrause. Autounfall, nicht angeschnallt, flüsterte sie mit rauher Stimme auf meine besorgte Frage. Ich hatte angenommen, sie sei von ihrem Ehemann verprügelt und zusammengestaucht worden, natürlich ließ ich ihr das Wechselgeld. In der Stadt hatte ich eine kleinwüchsige bettelnde Zigeunerin gesehen, die mit einem winzigen nackten Kind auf dem Boden kauerte und ebenfalls eine Halskrause trug, die viel zu groß für sie war. Der Kopf ist auf die Halskrause gelegt worden, hatte ich gedacht, der eigentliche Kopf verbirgt sich in dem Gummigeschlinge. Das Kind hatte wie tot ausgesehen. Marta würde später mit Sicherheit behaupten, daß diese Pietà-Darsteller natürlich der Mafia angehörten und in Schulungszentren auf Mitleid getrimmt wurden. Alles, was in Italien Mitleid hervorruft, ist von der Mafia inszeniert, so Marta. Die Zigeuner lernen den gebrochenen Blick, auch das Zittern. Und den Babys wird beigebracht, wie tot auszusehen. Wenn sie lachen oder feixen, kriegen sie eines hinter die Ohren. Erst am Abend, wenn sie gemütlich in ihren Villen sitzen und Geld zählen, dürfen sie sich, laut Marta, gehenlassen. Ich dagegen, im sicheren Bus sitzend, hatte die Augen abwenden müssen von diesem schrecklichen Bild.

Mit dem Fahrstuhl in den dritten Stock, eng aneinandergepreßte Menschen, die in jedem Stock durch weitere Zusteiger belästigt wurden. Meine Nase wurde an den fast kahlen Schädel einer Frau im Bademantel gepreßt, die mit mir die Kabine verließ. Sie weinte. Am liebsten hätte ich sie tröstend umarmt.

Durch die Glastür, zweites Zimmer rechts. Eine thailändische Krankenschwester nahm mir mit einem unverständlich gemurmelten Satz die Rose ab, so daß ich nur noch die billige Rolle Kekse in der Hand hatte. Ich legte sie rasch auf ein leeres Krankenbett im Flur. Die Vorstellung, Elsa mit einer Rolle billiger Biscotti zu erfreuen, war unerträglich. Rose und Kekse ging gerade noch, Rose allein war ebenfalls möglich, aber Kekse ohne alles, das war peinlich. Cinque minuti, sagte die Thailänderin und zeigte mir, weil sie mich offenbar für einen Ausländer hielt, ihre ausgestreckten fünf Finger.

Also hatte ich genau fünf Minuten Zeit, Ordnung in mein zukünftiges Leben zu bringen. Erhielt ich Elsas Unterschrift, konnte ich mit allen Materialien nach Deutschland fahren und mein Bild von Rudolf der Nachwelt überliefern. Erhielt ich sie nicht, mußte ich weiterhin auf eigene Faust handeln.

Elsa schlief. Ihre Zimmergenossin hatte man entfernt, oder der Tod hatte sie geholt. Er war spürbar anwesend in diesem Zimmer, alles hatte er bereits berührt, die mit Lackfarbe gestrichenen Wände, den offenstehenden leeren Schrank, das Bett, auf dem lose die Überdecke lag, das Kruzifix neben dem Fenster. Und er hatte Elsa in seine Pläne eingeweiht. Als ich mich auf ihr trauriges Bett setzte, öffnete sie kurz die Augen. Ein Zucken um ihren Mund, sie hatte mich erkannt. Ihre knochige Hand ohne ein Zeichen. Sie war schon auf dem Weg.

Ich schaute sie lange an. Der Ausdruck ihres Gesichts ließ darauf schließen, daß sie selbst nicht mehr sicher war, ob sie noch zu dieser Welt oder schon zu der anderen gehörte. Alles Schwere, das sich normalerweise in ihren Augen sammelte (die jetzt unter den geschlossenen Lidern zitterten), war verschwunden. Man hörte nicht einmal ihren Atem. Oft war mir an Elsa aufgefallen, daß ihr Gesicht von einem Moment auf den anderen kippte. Aus einem sorglosen, lachenden Mädchengesicht wurde durch einen Klappreflex eine schwermütige Maske, die teilnahmslos mit am Tisch saß und keinen Ton sagte; dann wieder ein Kippen, und die ernste, gebildete Professorin erklärte die Unverständlichkeiten der Welt; und neben vielen anderen Gesichtern gab es eines, das ich besonders mochte: Elsas Kindergesicht, wenn sie italienische Wiegenlieder sang. Sie hatte als erste mit großer Sorgfalt italienische Kinderlieder gesammelt und kommentiert in zwei Bänden herausgegeben. Rudolf machte stets ein finsteres Gesicht, wenn sie, mit der Gitarre oder am Klavier, diese Lieder sang, und man wußte nicht genau, ob es daran lag, daß er nicht singen konnte oder daß sie keine Kinder hatten oder ob er es nicht ertragen konnte, daß die gesamte Aufmerksamkeit sich auf Elsa konzentrierte. Wenn sie sang, gab es ihn und seine Klugheit nicht. Manchmal äußerte Rudolf den Verdacht, die wenigen Freunde kämen nur noch ihretwegen, um Elsa singen zu hören, was sicherlich nicht ganz der Wahrheit entsprach, ihr aber sehr nahekam.

Sollte ich Elsa wecken, die Unterschrift erbitten? Ich hatte ein vorbereitetes Schreiben dabei, das sie nur signieren mußte. Sie brauchte nicht einmal bei vollem Bewußtsein zu sein, ich könnte ihre Hand lenken.

Tatsächlich hatte Elsa immer Angst vor Dieben gehabt. Diese traumatische Angst – die zu den wahnwitzigen Verriegelungstechniken in der Wohnung führte – wurde zum einen mit Kindheitserlebnissen in Verbindung gebracht, die ich nie so recht verstanden habe, zum anderen mit dem Verlust ihrer deutsch geschriebenen Habilschrift. Dieses Manuskript, von Rudolf persönlich aufgegeben, hat die Universität in Frankfurt nie erreicht, und auch der Durchschlag in Elsas Büro in Turin war verschwunden. Der Fall des doppelten Verschwindens eines Manuskripts wurde damals von allen Medien in jede Richtung diskutiert, alle Möglichkeiten durchgespielt und auch die gemeinste Variante dieser versuchten wissenschaftlichen Lebensberaubung nicht ausgelassen: daß Rudolf hinter der Sache stand. Elsa, die ja alle Teile ihrer großen Untersuchung in wissenschaftlichen Periodika publiziert hatte, wurde später in Frankfurt kumulativ habilitiert, aber die Angst vor Dieben war ihr geblieben. Es war also ganz ausgeschlossen, sie in diesem Zustand, in dem sie vor mir lag, um die mir so wichtige Unterschrift zu bitten.

Nach fünf Minuten verließ ich das bleiche Zimmer. Ich hatte dreimal ihren Namen geflüstert, in großen Abständen. Wenigstens den Namen sollte sie behalten. Als ich wieder vor der Tür stand, bemerkte ich, daß die Rolle Biscotti noch immer auf dem Krankenbett lag. Ich ließ sie dort liegen.

18

Marta, die Allwissende, empfing mich in Rudolfs Wohnung. Ihr triumphierender Blick und ihre gespielte Verachtung ließen nichts Gutes erwarten, und daß sie bei meinem Eintreten sich nicht einmal an die Grundregeln der Höflichkeit hielt und aufstand, um mich zu begrüßen, versetzte mich in leichte Panik. Ich war der stehende Angeklagte, sie die Staatsanwältin. Um dieses bei mir sofort entstandene Bild zu zerstören, ging ich teilnahmslos in die Küche, um Kaffee aufzusetzen. Der Weg in die Küche kam einer Prüfung gleich. Ich überlegte krampfhaft, welche Eröffnung ich spielen sollte, um einmal zu gewinnen, aber jeder Satz, der mir einfiel, führte in die Katastrophe. In die Auslöschung. Marta war auf der Welt, um mich aus der Welt zu vertreiben. Ich erinnerte mich an das Spiel, das ich mit Rudolf oft gespielt hatte: welche Personen man aus dem Feld räumen mußte, um einen für die freie Entfaltung offenen Horizont zu haben. In meinem Fall mußte nur Marta dran glauben.

Kaum fing die winzige Kaffeemaschine an zu brabbeln, spürte ich Marta hinter mir. Sie lehnte im Türrahmen, die Füße übereinandergeschlagen, die Arme über dem Leib verschränkt. Wahrscheinlich mußte ich mich mit ihr verbünden, so wie sie sich – klug, wie sie war – umstandslos mit mir verbündet hatte. Aber noch wollte ich mich wehren. Ich wollte mir einbilden, Rudolfs Problem auch ohne sie lösen zu können.

Die Polizei hat Rudolfs Büro geräumt, sagte Marta, eine einstweilige Verfügung. Ich verstand zunächst nicht, was sie meinte. Es besteht die Gefahr, daß Akten verschwinden, die dem Institut gehören, sagte sie. Wenn du etwas von den Papieren hier in der Wohnung verschwinden lassen willst, solltest du dich beeilen.

Ich knipste das Licht an, um sie besser sehen zu können, schaltete es aber sofort wieder aus. Ihr Gesicht hatte wie eine Quitte ausgesehen, schmutziggelb, hart und verformt. Ich spürte, wie die Tasse in meiner Hand zu zittern begann, ging aber tapfer an Marta vorbei zurück in mein Zimmer. Die Tasche sah unberührt aus, geschwollen und reisefertig.

Ich saß schon wieder am Tisch vor einem neuen Kasten mit Briefen, als ich die Wohnungstür zuschlagen hörte. Wieder Verehrerpost, eine Ausgabe von Rudolfs Briefen würde eine Sensation werden. Aus den gelegentlich obszönen Anmerkungen, die Rudolf auf den Briefen, die ihrerseits nichts zu wünschen übrigließen, hinterlassen hatte, konnte ich nicht erkennen, ob er geantwortet hatte. Warum hatte er diese sonderbaren Schriftstücke nicht einfach dem Papierkorb übergeben? Ich war verblüfft über die Unverfrorenheit, mit der wildfremde Frauen, zumal aus Deutschland, sich Rudolf angeboten hatten. Sie haben mein Problem beschrieben, als würden Sie mich kennen. Wollen Sie mich nicht auch in Wirklichkeit kennenlernen? Das war die Botschaft. Da das Schicksal sich nur zehn Varianten für uns Mitteleuropäer ausgedacht hatte, kam das eigene Schicksal mindestens in jedem zehnten deutschen Roman vor. Manche der Briefschreiberinnen wollten eine Urlaubsreise mit einem Abstecher nach Turin verbinden, andere gaben die Adresse ihres Hotels in Positano an und fragten sich, ob sie wohl ein Anruf aus Torino aus der Ferienlangeweile erlösen würde, wieder andere hatten lediglich ihre Mobilfunknummer auf ein weißes Blatt geschrieben. Eine hatte sogar die Uhrzeit ihrer Ankunft in Turin gemeldet und in welchem Hotel sie absteigen würde, und aus Rudolfs Notizen am Rand ließ sich erraten, daß er sie auch getroffen hatte oder zumindest nicht abgeneigt war, sie zu treffen. Seminar? Stand am Rand oder Elsa in Rom oder, auf dem Brief einer Dörte aus Celle, die mit vulgärer Offenheit gerne bereit war, ihm alles zu geben: Lesung in Hamburg 17. 5. Die Fülle erschreckte mich, ich fühlte mich unbehaglich und allein gelassen, vor allem aber enttäuscht, daß Rudolf diese Art von Post überhaupt empfangen hatte. Offenbar eignete ich mich nicht zum Voyeur, obwohl mir klar war, daß ich ohne eine gute Portion Voyeurismus meiner Arbeit als Nachlaßverwalter gar nicht nachgehen konnte. Auch die technischen Probleme erschreckten mich: Mußte ich jetzt allen Briefschreiberinnen mitteilen, daß ihre epistolarischen Ergüsse demnächst in Marbach der Öffentlichkeit zugänglich gemacht werden würden? Und mußte ich sie nicht fragen, ob sie mir Rudolfs Antworten für eine eventuelle Briefausgabe zur Verfügung stellen wollten? Die Vorstellung, mit all diesen wahrscheinlich höchst neurotischen Damen korrespondieren zu müssen, ließ mich eine andere Strategie entwickeln: Ich beschloß, den Inhalt dieser Kästen ohne jede weitere Kontrolle zu vernichten, als hätte Rudolf selber sich von ihnen getrennt. Der Nachlaß würde mindestens um zwanzig Prozent schrumpfen und damit natürlich auch an Wert verlieren, andererseits blieb immer noch genug Korrespondenz übrig, um nachzuweisen, auf welche unmittelbare Weise Rudolfs Bücher gewirkt hatten.

Ich stellte den Karton zunächst einmal zurück in die Architektur der grauen Kästen und nahm mir sofort den nächsten vor, um nur ja keine Zeit zu haben, über die Beschlagnahmungsaktion nachzudenken, die ja einen weitaus größeren Teil des Nachlasses betraf.

Aber was genau hatte so viele Menschen an Rudolf gereizt? An einem sechzigjährigen deutschen Professor in Turin, der in dickleibigen Schwarten schmökerte und für Pascal schwärmte? Selbst wenn man geneigt ist, einem Schriftsteller, der einem einen Roman »wie auf den Leib geschrieben« hat, eine größere Attraktivität zuzubilligen als einem normalen Menschen, der seine Geschichten nur mündlich erzählen kann, ist damit der enorme Posteingang von sich verstanden fühlenden Frauen noch nicht erklärt. Gab es denn, außer Eva, Verehrerinnen, die auch nach der Begegnung mit Rudolf noch den Wunsch verspürten, ihm »alles zu geben«? Oder war der berühmte Verfasser von einigen unglücklich ausgehenden Liebesromanen nach einem Kaffee im Bahnhofsbuffet von Turin oder einer anstrengenden Nacht in einem abgelegenen Hotel ein Mensch wie jeder andere, der mit ein paar windigen Anekdoten das Weite suchen mußte und dann vergessen wurde? Auch Rudolfs Leben bestand, wie das der ihm nachlaufenden Frauen, zum größten Teil aus Leere, aus gewöhnlichen Wiederholungen. Aber offenbar war es ihm gelungen, diese existenzsichernden Banalitäten als ein großes Geheimnis darzustellen. Er hatte ganz offenbar seine Zeit damit vertrödelt, mehrere Leben zu führen, und seinen wenigen Vertrauten das Gefühl gegeben, mit ihnen das wahre, wirkliche Leben zu teilen, ohne das Bedürfnis zu spüren, wenigstens die Existenz dieser anderen Seiten seiner für mich immer dunkler werdenden Person zu zeigen. Seit ich seine Korrespondenz gelesen hatte, neige ich zu der

Ansicht, daß Rudolf uns alle zum Narren gehalten hat. Man könnte es auch anders sagen: Er hat uns alle verraten und sich gerade noch rechtzeitig aus dem Staub gemacht.

Oder war ich neidisch, nur ein Leben geführt zu haben? Nach meiner Druckereilehre und einer Zusatzausbildung als Kulturwirt war ich immer damit beschäftigt gewesen, meinen Lebensunterhalt zu verdienen, und erst jetzt, da mein staatlich subventioniertes Institut wegen akutem Geldmangel geschlossen worden war, konnte ich als Frührentner an ein anderes Leben denken. Aber man wirkt leicht lächerlich, wenn man als älterer Herr noch ein Doppelleben beginnt. Vielleicht fehlte mir auch die Phantasie. Oder das Geld. Oder ganz einfach der Mut. Rudolf hatte mich stets ermuntert, auch »zur Feder zu greifen« und den großen Roman über die Kulturbehörde zu schreiben, über die Verwaltung der Kultur, den Kulturbetrieb, wie er sich ausdrückte, weil ich, nach seiner Einschätzung, bei diesen Dingen »auf dem laufenden« war. Du wirst dir natürlich eine Menge Feinde machen, sagte er, aber es ist besser, mit ein paar Feinden fürs Leben anzufangen, wenn man erst so spät mit der eigentlichen Arbeit beginnt. Leider hat es zu mehr als zu ein paar dürren Essays nicht gereicht. Einige Liebschaften hatten mein Leben bereichert, andere hatten es ärmer gemacht. Und Eva, die mir buchstäblich in den Schoß gefallen war?

Schon sitzt sie mir wieder am Küchentisch gegenüber, das Kinn auf die Fäuste gelegt, das rechte Auge von einer Haarsträhne bedeckt, vor sich Siegfried Gideons »Mechanization Takes Command«. Du darfst nicht wie Rudolf sein wollen, sagt sie und nimmt meine widerstrebende Hand, weil du nie wie Rudolf sein wirst. Du darfst seine Lebensgier nicht teilen, wenn sie dir fremd ist.

Natürlich streite ich ab, je auch nur daran gedacht zu haben, Rudolf imitieren zu wollen, aber ich spüre, wie mir die Röte in die Ohren steigt. Versprich es mir, sagt Eva feierlich, und weil sie entschlossen zu sein scheint, meine Hand vorher nicht freizugeben, sage ich schlapp und verlegen: Ich verspreche es.

19

Bevor ich mich über die letzten der von Rudolf selbst als Nachlaß deklarierten Kartons hermachen wollte, mußte ich mir »die Beine vertreten«. Ich verriegelte sorgfältig die Tür, öffnete meine Reisetasche und stopfte in panischer Angst vor dem Entdecktwerden sämtliche von mir ausgesonderten Dokumente von und an Rudolf in Umschläge, die ich in der Küche gefunden hatte, und diese wiederum in zwei Plastiktüten eines Supermarkts. Lange stand ich im Treppenhaus und horchte auf Schritte, aber außer dem aufrauschenden und wieder verebbenden Lachen der Studenten war nichts zu hören. Sie wußten noch nichts von mir, dem einzigen Freund ihres verstorbenen Professors. Als ich auf der Höhe von Martas Büro angelangt war, hörte ich sie telefonieren, mit einer Stimme, die mir Angst einflößte. Sie ergab sich offenbar einem Anfall schlechter Laune. Mein Entschluß, die Stadt am nächsten Tag wieder zu verlassen, stand plötzlich fest. Ich durfte mich nicht noch einmal dieser Stimme aussetzen.

Ich lief mit gesenktem Kopf durch die Menge, an allen Leuten vorbei, dachte ich, die ich heute morgen vom Bus aus beobachtet hatte. Hoffentlich erkennt mich keiner. Die schweren Plastiktüten schnitten mir in die Finger, das Diebesgut zur Rettung von Rudolfs Ansehen wog schwer in meinen Händen. Martas eisige Stimme, Elsas fast versagendes Wispern und Evas weiches Flüstern verbanden sich zu einem Chor, der mich vorantrieb, obwohl ich mehr als einmal versucht war, die Tüten einfach in einem der an der Straße installierten Papierkörbe zu versenken. Ich würde in einer Bar so lange ausharren, bis ein Auto der Stadtwerke käme und die Papierkörbe leerte, und Turin sah so gepflegt aus, als müsse man nicht die ganze Nacht auf die Straßenreinigung warten.

Das Postamt im Bahnhof war geöffnet. Ich besorgte mir Aufkleber, beschriftete sie, mit klopfendem Herzen, mit meiner Adresse und gab das Dutzend wattierter Umschläge eingeschrieben auf. Übermorgen würde ich die Post zu Hause in Empfang nehmen können.

Und dann? Ich war mir plötzlich sicher, dann nichts mehr mit Rudolf zu tun haben zu wollen. Aber er saß ja in mir drin, war ja ein Teil von mir, ich würde ihn, wenn ihn mir keiner herausrisse, bis zu meinem Tod mit mir herumschleppen müssen. Ich war ja, nach Rudolfs Tod, Rudolf selber. Alle seine furchtbaren Geschichten und Abenteuer mußte ich nun ausbaden, zu einem Ende bringen, ob ich wollte oder nicht. Alles in mir empörte sich gegen diese Vorstellung, so daß ich mitten in der Bahnhofshalle stehenblieb und erregt nach Luft schnappte. Menschen mit schweren Koffern rempelten mich an, ein Kind, das offensichtlich seine Eltern verloren hatte, klammerte sich an meine Beine, ein pechschwarzer Hund blieb vor mir stehen und schaute mich besorgt an. Cesare, bellte ich ihn an und brach damit den Bann, der auf mir lastete.

Ich stellte mich ans Ende der langen Schlange, die am Fahrkartenschalter wartete. Merkwürdig, wie viele Menschen mit mir Turin verlassen wollten, ordentlich aussehende Bürger wie ich, eine wohlgenährte Frau hatte einen Käfig mit Singvögeln dabei, die laut gegen die bevorstehende Ortsveränderung protestierten.

Als ich gerade dabei war, dem Fahrkartenverkäufer, der den Umlaut nicht kannte, mein Ziel in Deutschland zu buchstabieren, tippte mir jemand auf die Schulter, eine Berührung, die mir vertraut vorkam, als hätte ich schon lange darauf gewartet. Aber ich gab mich noch nicht zu erkennen, sondern zahlte erst und verstaute das Wechselgeld in meinem Portemonnaie.

Fahren wir zusammen zurück? fragte Eva, als ich ihr in die Augen blickte. Sie hatte noch immer das Kostüm vom Vortag an, das jetzt ganz und gar unpassend wirkte, nur der lächerliche Hut fehlte.

Heute noch nicht, antwortete ich, aber bald einmal.

Wir umarmten uns lang und freundlich und ohne ein weiteres Wort zu verlieren. Und dann gingen wir, ohne daß ich mich noch einmal umdrehte, in verschiedenen Richtungen auseinander.

Ich wußte, daß sie mich mit den Augen bis zum Ausgang verfolgte.

20

In der Tür steckte ein Zettel, daß ich Marta dringend zu Hause anrufen sollte. Alles war immer dringend, wenn es von Marta kam. Vielleicht hatte sie Sehnsucht danach, mich zu quälen. Am Telefon meldete sich ein barscher Mann, dem meine Italienischkenntnisse nicht gewachsen waren. Marta, rief ich mehrfach laut in die Muschel, ich will Marta sprechen, verstehen Sie mich. Ich hörte, wie er den Hörer ablegte und knurrend sagte, ein Ausländer. Dann kam Marta ans Telefon. Sie hatte die weiche Stimme, mit der sie mir vor zwei Tagen den Tod Cesares mitgeteilt hatte. Vor dem Tod schmilzt sogar dieser Eisbrocken, dachte ich, als sie mir vom Ableben Elsas berichtete. Elsa war gestern gestorben. Herzversagen nach einer Lungenembolie. Sie wollte gleich vorbeikommen, um mit mir die »neue Situation« zu besprechen, außerdem, behauptete sie, habe sie Angst. Wir sind jetzt die letzten beiden Zeugen, verstehst du? Einer zuviel, ging mir durch den Kopf, aber ich sprach es nicht aus, obwohl ich plötzlich Lust hatte, sie auf die Probe zu stellen. Etwas von dieser launischen Person hatte auf mich abgefärbt, so wie wahrscheinlich Rudolfs Launen und Lügen auf sie abgefärbt hatten. Offenheit schien in diesem Leben jedenfalls keine tragende Rolle zu spielen.

Was wird dein Mann sagen, wenn du schon wieder die Nacht außer Haus verbringst, sagte ich.

Ich habe keinen Mann, wenn es das ist, was du hören willst.

Ich wollte nichts hören, ich wollte auch nicht sprechen.

Ich wollte eigentlich nur allein sein. Noch einen letzten Kasten aus dem Lügengebirge mußte ich durchsehen, dann würde ich meinen Abschlußbericht schreiben und mich davonmachen. Nun, da auch Elsa von den abgelegten, sortierten und als Nachlaß bezeichneten Verirrungen Rudolfs nichts mehr erfahren würde – wahrscheinlich hatte sie ohnehin alles geahnt –, galt es nur noch, dieses von Affären gesättigte Konvolut gegen den Willen Rudolfs der Öffentlichkeit vorzuenthalten. Auf gar keinen Fall wollte ich mit dem Präsidenten der Turiner Universität und dem Direktor von Marbach über die Bedeutung des Nachlasses streiten. Er war nur für mich von Bedeutung, für Elsa, Eva, Marta und mich. Die schamlose Eitelkeit, auch über den Tod hinaus die Mitmenschen mit seinen Verfehlungen zu belasten, konnte nur ich allein Rudolf verbieten. Ich ging noch einmal alle Kästen durch und entnahm so viel Material, wie meine Tasche fassen konnte, vor allem zweideutige Briefwechsel und Notizen Rudolfs, die er sich für zu schreibende Briefe gemacht hatte.

Die alles überwölbende Frage, warum er um Himmels willen wildfremde Leute in sein merkwürdiges Leben einweihen wollte, beantwortete der letzte Kasten. Ich hatte mir die letzte Flasche Barolo aus der Speisekammer geholt und die Fenster geöffnet, weil es nach dem anhaltenden Regen im Zimmer stickig geworden war. Ein schwerer Schwall von Autolärm drang in mein Studierzimmer, als hätte die Stadt auf das Ende des Regens gewartet. Es war elf Uhr vorbei, trotzdem läutete ununterbrochen das Telefon. Manche Stimmen verewigten sich auf dem Anrufbeantworter, andere zuckten zurück, als sie von Rudolfs Stimme aufgefordert wurden, eine Nachricht zu hinterlassen. Rudolf war also noch anwesend. Ich schloß die Fenster zur Straße, verriegelte mit dem großen Eisen gegen Einbrecher die Wohnungstür, stellte das Telefon in Elsas Zimmer und packte eine dicke blaue Wolldecke über den plappernden Anrufbeantworter. Dann legte ich im Nebenzimmer eine CD mit Beethovensonaten auf und drehte die Lautstärke so hoch, daß kein anderes Geräusch meine nächtliche Arbeit stören konnte. Die Polizei müßte die Wohnung aufbrechen, um meine Machenschaften zu unterbinden.

Der letzte Kasten enthielt sechs Mappen aus blauem Karton, die jeweils von breiten Gummibändern umschlossen waren. Ich legte sie wie Teile eines esoterischen Spiels vor mich hin und betrachtete sie unschlüssig mit aufgerissenen Augen, weil ich ganz sicher sein wollte, nicht die falsche Mappe zuerst zu öffnen. Konnte es sein, daß Rudolf selbst die Nachlaßkästen so aufgestellt hatte, daß ich diesen letzten auch wirklich als letzten in die Hände nehmen würde? Aber hatte nicht Marta erwähnt, sie hätte mir das Material bereitgelegt?

Die Mappen waren von Rudolfs Hand beschriftet, sie trugen die Namen: Elsa, Eva, Marta, Rudolf und meinen. Auf der sechsten stand: *Das Testament. Die Turiner Komödie. Roman*. Das *Die* war durchgestrichen, aber die Streichung war durch drei Punkte für ungültig erklärt worden. Auch bei dem Haupttitel war Rudolf offensichtlich unschlüssig gewesen. Er hatte den Artikel mehrfach gestrichen und durch *Ein* ersetzt, auch die Variante *Ein Turiner Testament* und *Turiner Testament* waren erwogen worden, aber schließlich sollte es bei der Formulierung mit den beiden Artikeln bleiben, die mir als die uneleganteste erschien. *Das Testament. Die Turiner Komödie.*

Roman hatte Rudolf mit einem breiten Rotstift umrandet. Das war also sein letzter Roman, mit dem er den Roman an sich »aus den Angeln« heben wollte, ein dünnes Mäppchen mit vielleicht fünfzig Seiten, an denen er angeblich Jahre, wenn nicht Jahrzehnte gearbeitet hatte, ein Nichts, eine magere Lächerlichkeit, ein Desaster, eine künstlerische Bankrotterklärung.

Mir war elend zumute, mein Magen krampfte sich zusammen. Wie konnte einer sich und uns so lange und gründlich täuschen und sich dann das Leben nehmen? All die Jahre des Studiums, der nervenaufreibenden Vorbereitungen, der schwindelerregenden Konstruktionen, und dann ein blaues Mäppchen mit ein paar Seiten, nicht mehr als ein langer Brief, wie er sie in seiner Jugend so oft geschrieben hatte. Ein geschrumpftes Universum. Ich sah, wie die Lüge sich auf seinem Gesicht ausbreitete und es langsam zerfraß.

Und dann schlug ich die Mappe auf. Noch einmal der Titel, ohne Korrekturen, aber mit Jahreszahl versehen: Beendet 2004. Auf der nächsten Seite das Inhaltsverzeichnis, aufgeteilt in zwanzig Kapitel: Scham, Krieg, Anstand, Verrat, Überwindung usw. bis Abschied. Es paßte exakt auf eine Seite und trug keinerlei Korrekturen, ein schönes, durch Rudolfs schwingende Handschrift kalligraphisch ansprechendes Blatt. Auf der nächsten Seite zwei Motti. Eines von Maurice Blanchot, einem seiner liebsten Autoren, den er sogar einmal besucht hatte. »Man kann im Traum an den letzten Schriftsteller denken, mit dem, ohne daß es jemand gewahr würde, das kleine Mysterium der geschriebenen Aussage von der Erde verschwände. Um die Situation noch ein bißchen phantastischer auszuschmücken, kann man sich vorstellen, es sei Rimbaud, ein noch weiter ins Mystische hineinragender Rimbaud, als es der wirkliche war, der in seinem Inneren diese Form der Aussage, die zugleich mit ihm stürbe, stumm werden fühlte. Man kann schließlich annehmen, daß dieses Ende – auf die eine oder andere Weise – in der Welt und im Kreis der Kulturen nachweislich als Ende unwiderruflich sei. Was würde sich daraus ergeben? Doch wohl allem Anschein nach ein tiefes Schweigen. Denn das sagt man aus Höflichkeit, wenn irgendein Schriftsteller von der Erde verschwindet: eine Stimme ist stumm geworden, ein Denken ist zerflattert. Welch eine Stille müßte folglich eintreten, wenn niemand mehr auf die besondere Art zu reden verstände, in der nun einmal die Redeweise der vom Ruhm umraunten Werke besteht.« Angeblich hatte der französische Schriftsteller es abgelehnt, Besuche zu empfangen, bei Rudolf aber selbstverständlich eine Ausnahme gemacht.

Das zweite Motto war von Cesare Pavese:

»Für alle hat der Tod einen Blick.
Der Tod wird kommen, und er wird deine Augen haben.
Es wird sein wie das Aufgeben eines Lasters,
als erschiene im Spiegel
ein totes Gesicht,
als lauschte man geschlossenen Lippen.
Stumm werden wir in den Abgrund steigen.«

Mir zitterten die Hände. Rudolf, der mich fast jede Nacht im Traum besuchte, um mit mir über alle möglichen Details zu sprechen, ohne daß ich am Morgen wußte, was er gesagt hatte, war plötzlich so nah, daß ich unwillkürlich um mich blicken mußte. Ein Denken ist zerflattert. Ich mußte alle Kräfte zusammennehmen, um nicht selbst zu zerfallen.

Nächstes Blatt: Erstes Kapitel. 1963. Scham, mit Rotstift geschrieben, darunter, mit dünnem schwarzen Filzstift, wahrscheinlich Stabilo, den er so liebte, die Kolumne:

Gelbes Notizheft, 1963, S. 20-34. Kasten 16.

Alte Universität, S. 14-15, 19, 21, 17-90, 212 [markiert]. Kasten 19.

Dossier M: Brief ③.

Gelbes Notizheft, 1963, Seiten: 1-18, Kasten 16.

Grünes Notizheft ②, 1989. Kasten 36.

Korrespondenz E, ⑰, ⑱, ⑲, mit Antworten. Kasten 12.

Dossier El: ④, ⑦, ⑨.

Gelbes Notizheft, 1963, S. 19 (markiert), S. 37-56. Kasten 16.

Seminar Emrich: ③, ④, Kasten 19.

Dossier R: ① mit Streichungen!

Dossier Eva: ③, ④, ⑦.

Dossier M: Brief 4 [markiert].

Alte Universität, Dok. 5, Kasten 19.

Schwarzes Notizheft, 1966, S. 12-31. Kasten 17.

Und so weiter. Seite um Seite.

Kein Zweifel, diese penible Aufzählung, die er für alle zwanzig Kapitel angefertigt hatte, war das Gerüst des Romans, der vor mir, auf Kästen verteilt, auf seine Zusammenfassung wartete (und den ich wahrscheinlich unwillentlich zerstört hatte). Ich hatte schon immer Rudolfs Gedächtnis bewundert, das alles behalten konnte, jede Unwichtigkeit und jede Bosheit, vor allem aber jedes Detail der Bücher, die er gelesen hatte. Wenn irgendwo gelogen wurde, hatte er sofort die großen Lügenkapitel der Weltliteratur parat, alle Vater-Sohn- und Mutter-Kind-Beispiele fielen ihm ein, wenn sie gebraucht wurden, eine Eifersuchts- oder eine Bordellanthologie hätte er aus dem Gedächtnis heraus in einer Stunde entwerfen können. An wen oder was erinnert dich jener Hut oder dieser Hund oder der Fettsack da drüben, konnte er bei Spaziergängen fragen, wenn er guter Dinge war, und dann folgte sofort ein Beleg aus der Weltliteratur, von Kierkegaard über Hawthorne und Faulkner bis zu Marx und Adorno. Bei schlechter Laune dagegen lachte er bitter auf, wenn ich, wie üblich, wieder etwas vergessen hatte, das, wie er sich ausdrückte, in »unser Erinnerungsbuch« gehörte. Jeder Mensch hat ein Erinnerungsbuch für sich selber, in das er die wichtigsten Ereignisse seines Lebens einzutragen hat. Man sollte es ständig memorieren, um kein Detail zu vergessen. Ebenso wichtig aber waren seiner Meinung nach die mit einem anderen geführten Erinnerungsbücher, die zum Teil Alltägliches enthielten, das zur raschen Verständigung auch noch nach Jahren diente, Wortspiele, dummes Zeug, gemeinsame Erlebnisse, zum andern aber die Substanz. Was genau er mit Substanz meinte, war mir nie klargeworden, aber wie wichtig, wie »heilig« die Substanz war, leuchtete dann auf, wenn sie von einem Nicht-Eingeweihten berührt wurde und verteidigt werden mußte. Zur Substanz gehörte natürlich auch eine kleine Reihe von Büchern, die in unserer Geschichte eine Rolle spielten, und wehe, jemand wollte sie in unserer Gegenwart beschmutzen. Aber wirklich gemeingefährlich konnte Rudolf werden, wenn ich nebenher äußerte, daß mir eines unserer »heiligen« Bücher beim Wiederlesen nicht mehr gefallen hatte, zum Beispiel Hoffmanns Märchen »Der goldene Topf«, das er mir einmal in einer sehr frühen Ausgabe geschenkt hatte, die wiederum ein Geschenk des ostdeutschen Historikers Jürgen Kuczynski war. (Mit Kuczynski pflegte Rudolf in den revolutionären Zeiten einen ausführlichen Briefwechsel, der, wie ich eben gesehen hatte, im achten Kapitel seines Romans einen großen Platz einnehmen sollte.) Du mußt einen Antrag stellen, hatte Rudolf postwendend zurückgeschrieben, aber ich kann Dir jetzt schon sagen, daß er abgelehnt wird, der »Goldene Topf« bleibt in unserer Küche.

Aber wer, fragte ich mich, sollte den Roman, diese gigantische Collage, zu der auch Postkarten und Bundesbahnbilletts, Hotel- und Restaurantrechnungen gehörten, zu einem lesbaren Buch machen?

Als ich belämmert und tieftraurig die zwanzig Kapitelblätter durchgesehen hatte, bis zur letzten Eintragung von *Abschied* (das übrigens fast vollständig aus unseren Dossiers bestand und mit dem mir gewidmeten Gedicht enden sollte), fand ich einen Brief Rudolfs an mich, datiert zwei Tage vor seinem Tod:

Mein lieber Freund –

Ich nehme an, daß Du diese Zeilen in meinem Arbeitszimmer liest, bei einer Flasche Barolo, die Du in der Speisekammer gefunden hast. Elsa (die übrigens, was ich nicht weitersagen durfte, an Krebs erkrankt ist) wird Dich angerufen und gebeten haben, meinen Nachlaß durchzusehen, und wie ich Dich kenne, bist Du ihrer Aufforderung sogleich nachgekommen. Mach Dir keine Mühe mit den Papieren in meinen Büros im Institut und in der Uni, das ist alles wertloses Zeug, das jeder hinterläßt, der ein Leben lang in Büros geschuftet hat. Wahrscheinlich hat der Präsident der Uni, den Du kennengelernt haben wirst, ein Interesse daran, den Krempel zu konfiszieren, weil er (zu Recht!) Unterlagen über ein paar Skandale vermuten wird, die ich aufgedeckt habe. Es geht nur um die grauen Kartons. Hüte Dich übrigens vor Marta, sie hat eine ungute Neigung zu gebildeten älteren Herren, die nicht einmal meine schlechte Laune abtöten konnte. Im Deckel der Kartons habe ich jeweils die Nummer notiert, es müssen vierundsechzig sein. Sollte einer fehlen, wäre es eine Katastrophe für mein Buch, dann mußt Du Marta ausquetschen.

Die Zusammenstellung dürfte Dir keine Schwierigkeiten machen, wenn Du Dich exakt an meine Vorgaben hältst. Mir selbst war diese Arbeit zuwider. Weder konnte noch wollte ich noch einmal durch den Sumpf meines Lebens stapfen, den ich im Kopf so oft durchquert habe. Es ist ein sensationeller Entwicklungsroman geworden. Übrigens könnte es sein, daß Du bei den Übergängen im Text gelegentlich ein Wort einfügen oder weglassen mußt, obwohl ich glaube, selbst alles in den Unterlagen notiert zu haben. Aber man weiß nie. Die harten Schnitte sind natürlich beabsichtigt. Den Rest des Materials bitte vernichten. Alles, was nicht im Buch stehen wird, kommt in den Papierkorb. Bitte folge dieser Anweisung und spiele Dich nicht als Dr. Brod auf.

Ich habe dieses letzte Werk in vollständiger Aufrichtigkeit komponiert, auch wenn es mir nicht die Sympathie seitens der Kritik einbringen wird, die ich mir aus Gründen der posthumen Eitelkeit erhoffe. Das macht nichts. Es ist meines Wissens die exakteste Beschreibung der sechzig deutschen Nachkriegsjahre, über die außer den paar Geschichten, die über sie im Umlauf sind, keine nennenswerte Historie existiert. Es bestehen gute Gründe, dieses Land zu achten, trotz seiner Arroganz und Mittelmäßigkeit.

Du darfst und mußt entscheiden, ob das Buch veröffentlicht werden soll oder eben nicht. Aber wenn, dann nur in dieser Form. Ich kann Dir allenfalls zubilligen, die Namen zu ändern oder sie durch Initialen zu ersetzen.

Wenn Du willst, kannst Du das Buch auch unter Deinem Namen herausbringen, das würde mir nichts ausmachen. Der Rechtsanspruch auf Worte ist sowieso anrüchig. In jedem Fall aber mußt Du darauf achten, daß das Honorar zu gleichen Teilen an Elsa, Eva, Marta und Dich geht, an die unfreiwilligen Autoren dieses Sammelwerks.

Solltest Du Dich gegen eine Veröffentlichung entscheiden, was ganz und gar in Deinem Belieben steht, dann bitte ich Dich, die blaue Mappe mit dem Inhaltsverzeichnis und natürlich auch diesen Brief zu vernichten. Ich möchte nicht, daß Du als Unterdrücker und Fälscher in die Literaturgeschichte eingehst.

Der Augenblick ist gekommen, an dem nichts mehr zu sagen übrigbleibt. Grüß mir Cesare, den Du hoffentlich noch lebend angetroffen hast – er ist ein von Krankheiten geplagter alter Herr –, und die anderen Tiere. Mit Elsa, Eva und Marta werde ich anderweitig in Verbindung bleiben.

Ich erinnere mich sehr genau an den Tag, an dem ich bei Dir einzog und an dem unsere Freundschaft begann, mit Kafka als Drittem im Bunde. Kümmere Dich um Eva! Sie schreibt zwar unlesbares Zeug, aber Du mußt es ja nicht lesen.

Danke für alles, und verzeih die Umstände meines Verschwindens!

Vom Totenbett der Literatur grüßt Dich

Dein Rudolf

Ich saß lange wie betäubt vor diesem Brief. Draußen dämmerte der Morgen, die Wolken hatten bereits helle Ränder. Ich ging noch einmal durch alle Zimmer der Wohnung, berührte die Gegenstände, nahm Abschied. Die Dossiers und die Mappe mit dem Inhaltsverzeichnis steckte ich zu den anderen Unterlagen in meine Reisetasche. Es war, als ich das Haus verließ, sechs Uhr. In zweiunddreißig Minuten würde der Zug, wenn er nicht Verspätung hatte, den Hauptbahnhof von Turin verlassen.